Um mapa todo seu

Ana Maria Machado

Um mapa todo seu

ALFAGUARA

Copyright © 2015 by Ana Maria Machado

Grafia atualizada segundo o Acordo Ortográfico da Língua Portuguesa de 1990, que entrou em vigor no Brasil em 2009.

Capa
Claudia Warrak

Imagem de capa
Bridgeman Images/ Easypix Brasil

Revisão
Ana Grillo
Tamara Sender
Raquel Correa

---

cip-Brasil. Catalogação na fonte
Sindicato Nacional dos Editores de Livros, rj

M129u
    Machado, Ana Maria
        Um mapa todo seu/ Ana Maria Machado. – 1ª ed.
    – Rio de Janeiro: Objetiva, 2015.
    224p.

        isbn 978-85-7962-441-4

        1. Leite, Eufrásia Teixeira, 1850-1930 – Ficção.
    2. Nabuco, Joaquim, 1849-1910 – Ficção. 3. Ficção
    brasileira. I. Título.

15-25075   cdd: 869.93
                          cdu: 821.134.3(81)-3

1ª reimpressão

[2016]
Todos os direitos desta edição reservados à
EDITORA SCHWARCZ S.A.
Rua Cosme Velho, 103
22241-090 — Rio de Janeiro — rj
Telefone: (21) 2199-7824
Fax: (21) 2199-7825
www.objetiva.com.br

RICK — Ilsa, não sou muito bom nisso de ter gestos nobres, mas dá pra ver que os problemas de três pessoazinhas não valem um tostão furado neste mundo maluco. Algum dia você vai entender isso.

(Julius e Philip Epstein e Howard Koch, roteiro do filme *Casablanca*)

1
Rio de Janeiro, 1873

Qualquer que fosse seu nome, aos olhos de Quincas era uma Vênus.
Digamos que se chamasse Zizinha. Ou algo assim. Toda moça tinha um apelido familiar em diminutivo. Vinha da infância e ficava para sempre. Um nome carinhoso. Ajudava a evitar que a bebezinha ou menina pequena fosse chamada de Domitila, Deodorina, Erotildes ou Eufrásia, como mandava a pia batismal.
Quincas já a avistara de longe, na azáfama do cais, cercada de amigos e familiares, tranquila e altiva em meio à movimentação de escravos, vendedores ambulantes, carregadores, marinheiros. Tinha uma vaga lembrança de que já a vislumbrara antes alguma vez, também em um lugar amplo, ao ar livre, cercada de gente. Numa charrete aberta que passara ao longo da enseada de Botafogo, diante do Pão de Açúcar? Talvez. Quando? A memória não o acudia. Mas desta vez o rapaz prometia a si mesmo que não a perderia de vista.
Esguia, de porte altivo e gestos graciosos, a moça dirigia aos que a cercavam uma eventual palavra em voz baixa, de quando em vez acompanhada por um sorriso discreto. Mas o olhar a todo momento se afastava do grupo em torno e se perdia ao longe, em terra, demorado. Como se quisesse sugar o vaivém das pessoas, o casario em volta, as pedras da rua, a distante linha de montanhas que contornava a baía, o verde intenso das palmeiras, bananeiras e das redondas copas de mangueiras. Olhar de quem pretendia guardar dentro de si cada rendilhado em ferro das sacadas,

cada fachada de azulejos nos sobrados, cada turbante, pano da costa e conjunto de colares das doceiras com seus tabuleiros, cada carroça ou carruagem cujas rodas golpeavam as pedras do calçamento irregular, sacudindo todo o veículo. E mais o recortado caprichoso do paredão de granito ao fundo, entremeado de veludo vegetal sob o cristalino azul do céu, colorido apenas por uma ou outra pipa que algum moleque empinava num morro.

Era inegável. O olhar da moça acariciava a paisagem. Um afago de despedida. Como se estivesse se preparando para longa ausência e precisasse se abastecer de trópico e sol, em farta provisão para a carência deles, que a esperava do outro lado do oceano.

Quincas sabia o que era isso. Também planejava ficar um bom tempo na Europa. No entanto, por mais que sucumbisse aos encantos dos parques de São Clemente, da subida das Paineiras para a Tijuca, dos morros de São João e do Pão de Açúcar vistos do Flamengo ao cair da tarde, não podia negar que bem podia guardá-los por um tempo na memória à espera de seu regresso à pátria, sem que isso lhe provocasse qualquer sensação de saudade antecipada. Estava ansioso para que o vapor zarpasse sem demora. Sentia a atração do mundo. Desejava estar logo a caminho das terras longínquas, carregadas de história, e das paisagens retratadas na obra dos artistas. Pouco tempo antes, trabalhando em um livro sobre Camões para lhe festejar o centenário, dera-se conta da intensidade dessa atração e percebera que não poderia mais adiar sua vontade de viver um tempo no Velho Mundo. Tomado por essa febre itinerante, e ambicionando conhecer lugares e homens célebres, decidira partir.

Não fora fácil obter os meios que lhe propiciariam essa oportunidade. Porém agora, finalmente, estava embarcando. Iria iniciar aos vinte e quatro anos a viagem com que sempre sonhara. Mais longa do que todas as que fizera antes, por terra ou ao longo da costa, entre a província e a capital.

Desta vez, iria cruzar o oceano, mitológico domínio de Poseidon, sereias e tritões. Enfrentar o desafio daquele mundo líquido e movente que vira pela primeira vez aos oito anos e que passara a trazer em si. Uma imensidão verde-azul a exalar sal e respirar espuma. Imagem que para sempre permaneceria em sua retina, como o instantâneo infantil eternizado. A visão congelada da primeira vaga que o menino vira levantar-se diante de si, transparente como um biombo de esmeralda, quando chegara à areia após atravessar o coqueiral que cercava as palhoças dos jangadeiros. Na revelação da praia, para sempre, o eterno clichê do mar, mutante e imutável. Divino. Tão forte e vivo que, muitos anos mais tarde, ao ser recordado na velhice, lhe daria vontade de regressar às origens gregas da civilização e escrever embaixo a legenda, como em versos imortais:

— O mar! O mar!

2
Pernambuco, 1857

Vinham com todo o ímpeto, suas alvas crinas de espuma a cavalgar os ventos alísios que encrespavam as ondas. Mas tiveram de estancar de repente e se desviar, esparramando-se para todo lado, diante da deusa que brotava das águas à sua frente, bem quando a transparência líquida na vizinhança da costa já os tornava mais próximos da cor da esmeralda que da safira.

Não era a primeira vez que os corcéis de Poseidon encontravam Iemanjá. Mas sempre o haviam feito em águas africanas, algo cerimoniosos e sabedores de que deviam respeitar reinos onde ela se impunha. Agora, junto à linha de recifes de outras praias tropicais, ao deparar com ela novamente, o deus dos oceanos mais uma vez se surpreendia com a simultaneidade de seu suave deslizar e sua ginga sestrosa. Sobretudo, com seu à vontade. Ela andava como se dançasse ao som de alguma música secreta, em que o ritmo das ondas se tornasse um batuque sincopado sem jamais deixar de fluir líquido.

De certo modo, era como se fosse uma nova Afrodite, nascida das ondas naquele instante. Brotada da água salgada e sobre ela pairando, a contemplar o menino boquiaberto na praia, maravilhado com o paredão das vagas que se erguiam e se esboroavam em alvas bolhas e barulho alto, bem diante de si, antes de se espreguiçarem lânguidas. Até adormecerem, embebidas na areia, junto aos pequeninos pés descalços sob a bainha arregaçada das calças, aqui e ali salpicadas pelos beijos leves de alguns respingos salgados.

Até mesmo Poseidon, que tanto já vira, teve de admirar a singeleza da cena banal ao ser forçado a puxar a rédea para sustar seus verdes cavalos de crinas de espuma. Sempre ficava orgulhoso quando os mortais, tomados de espanto, rendiam homenagem a seu poder e à imensidão de seus domínios. Mesmo que o chamassem de Netuno ou que nem sempre soubessem que aquilo tudo era comandado por ele e, por vezes, atribuíssem a outra divindade o mérito de tanta força e beleza.

Era o que ocorria agora com aquele menino pequeno e sozinho, que parecia apenas extasiar-se com o cenário, sem tomar conhecimento de sua divina presença invisível, ou de seus cavalos empinando em ondas indóceis. E também sem reparar na deslizante figura iorubá, pairando sobre as águas, a contemplá-lo com olhar amoroso. Uma mirada que, dirigida ao pequeno, talvez fosse mais de mãe que de Afrodite, indiferente ao fato de que a criança não era africana.

Mais surpreendente ainda para Poseidon era a naturalidade com que Iemanjá se movia por ali: a rainha do mar não parecia se importar ao ver que, por mais que fossem semelhantes, aquelas areias claras franjadas de coqueiros não eram de sua África, mas apenas um reflexo espelhado de suas plagas, do outro lado do oceano. Agia como se estivesse em casa.

Estaria?

3
Vassouras, 1872

Zizinha sentia falta de um colo de mãe. De braços de pai. De um morno aconchego que aliviasse aquela carga e não deixasse todo o peso em cima de seus ombros.

Mas sabia muito bem que nunca mais seria filha. A não ser de si mesma. E não se podia faltar. A ela própria e à irmã Francisca.

A mãe já se fora um ano antes. O pai agora subitamente as deixava. Estavam as duas irmãs sozinhas no mundo, na vila que se erguia no vale em meio a imensas fazendas de café, na imponente Casa da Hera com seus trinta e dois cômodos e suas sessenta e duas janelas, no quarto em que pouco a pouco se esgueirava a escuridão a marcar o fim do dia. De todos os dias a ele semelhantes. E não adiantava olhar para trás. Nada mais voltaria, daquele passado tão próximo e já tão perdido.

Era melhor olhar para a frente.

— Estão à nossa espera na sala — lembrou a irmã.

— Pois então vamos — atalhou a moça, em tom firme. — Mas não deixemos que resolvam nada, nem que nos imponham suas vontades. Qualquer decisão deve ser nossa. Não há razão para aceitarmos nada com que não estejamos de acordo.

Apoiando-se no parapeito da janela, Francisca se levantou lentamente e deu alguns passos irregulares em direção à porta do quarto. Viu que a irmã acendia a vela do castiçal sobre a cômoda e se preparava para tomá-lo em mãos para iluminar o caminho pelo corredor. Como se fosse necessário. Como se as duas não conhecessem de olhos fechados cada desvão da casa onde haviam nascido e vivido até então.

— Tens razão, precisamos ir. Já aguardaram muito. Mas sabes que não será fácil — comentou, ainda algo hesitante.

— Para eles... — respondeu Zizinha. — Não será mesmo nada fácil. Porque nós não vamos ceder. E garanto que não estão contando com isso.

— Para nós tampouco será simples, mana. Eu diria mesmo que estou segura de que vamos encontrar muitas dificuldades. Ou crês que o barão se deixará desafiar por duas sobrinhas?

— Não precisamos desafiar ninguém, Chica. Basta a firmeza de não cedermos.

O tom de voz era quase uma ordem quando concluiu:

— De qualquer modo, vamos ganhar tempo. Hoje simplesmente não deixaremos que toquem no assunto. Depois, veremos. Ou melhor, eles verão.

Quando as duas juntaram suas presenças enlutadas aos outros vultos de negro que as esperavam, houve uma movimentação geral no aposento. Sem esconder a impaciência que já se transformava em irritação, o tio se levantou da cadeira de balanço e atravessou a sala em largas passadas, aproximando-se das moças. A tia se achegou à mais velha, estendendo-lhe o braço em que Chica se apoiou para caminhar com mais firmeza. Os outros parentes fizeram leves gestos de acolhida. Uma prima ofereceu limonada, servindo-se de uma jarra que estava em uma bandeja sobre a mesa de jacarandá, junto ao lampião.

Todos revelavam o cansaço e a tensão dos últimos dias, cheios de dor e ocupados pelas providências práticas para as cerimônias fúnebres, só havia pouco encerradas.

— Vocês precisam descansar, meninas. Já se faz tarde. Vamos logo, antes que anoiteça por completo.

O tio ordenou a um escravo que fosse buscar a bagagem das moças. Ao mesmo tempo, alguns parentes começaram a se encaminhar para a porta principal, que dava para um patamar externo, no alto da dupla escadaria cujos sete degraus, a cada lado, levavam ao terreiro diante da Casa da Hera. Algumas charretes estavam à espera, cada uma com seu cocheiro a postos, as lanternas já acesas, os cavalos impacientes por voltar à estrebaria.

Quando Zizinha falou, houve quem achasse que tinha ouvido mal:

— Não será necessário. Não haverá bagagem alguma. Nós não iremos com vocês, minha tia. Resolvemos ficar.

Mal escondendo sua exasperação nascente, o barão de Vassouras logo tratou de fazer valer sua autoridade de tio e patriarca da família e pretendeu dar um fim àquele equivocado ato de rebeldia:

— Isto é um absurdo! Estás muito abalada e não sabes o que estás dizendo, Eufrasinha. Tens de vir em nossa companhia. Não há o que discutir.

As duas não discutiram. Mas não se moveram, a não ser por um breve gesto de Zizinha indicando ao escravo Tobias que parasse imediatamente onde estava.

— Vocês não podem ficar sozinhas para passar a noite neste casarão após um enterro — ponderou a tia. — Ainda mais tendo família que as acolha, com todo o conforto e tão perto.

Zizinha manteve a firmeza, ainda que respondendo em tom sereno:

— Agradecemos muito o acolhimento e o carinho. Podem ter certeza de que seu gesto nos sensibiliza muito e nos enche de gratidão. Mas nós duas já conversamos e decidimos. Preferimos ficar aqui, que é nossa casa. O nosso lugar. E não estaremos sozinhas, a julgar pela quantidade de serviçais de que dispomos.

Seguiu-se quase meia hora de insistência e argumentação da família. As irmãs ouviam praticamente em silêncio, sem esboçar argumentos contrários, firmes em sua atitude de não discutir. Apenas não arredaram pé de sua decisão. Finalmente, irritado e esbravejando pelos degraus abaixo, o tio decidiu partir com os familiares. Não estava mais disposto a perder tempo com aquelas sobrinhas desobedientes, teimosas e mal-educadas. Isto é, não mais naquela noite. Voltaria nos próximos dias e saberia impor sua vontade e a lógica de sua decisão, como chefe da família.

Agora cedia ao cansaço acumulado e às ponderações da esposa: as meninas deviam mesmo estar ainda muito abaladas com o recente choque de perder o pai repentinamente, menos de um ano depois de perderem a mãe. Era preciso lhes dar tempo para que percebessem por inteiro toda a sua situação de desamparo. Ainda não se haviam dado conta da enormidade de seu abandono. Em breve reconheceriam que não tinham outra escolha além daquela: buscar a proteção dos parentes e se entregar aos cuidados do tio patriarca, seguindo a sua orientação.

O barão de Vassouras sempre chamara a atenção do irmão para o fato de que o casal mimava demais as filhas. Insistira em mostrar que a cunhada e ele davam às meninas uma educação totalmente inadequada. Não era de admirar que ambas, com mais de vinte anos, ainda estivessem solteiras. É verdade que Chica mancava, desde que caíra de um cavalo em menina e fraturara a bacia. Isso complicava um pouco as coisas. Mas com a fortuna e as boas relações que a família tinha, não teria sido difícil contornar esse problema e promover um matrimônio conveniente. Para o barão, não havia dúvidas: as duas ainda não se haviam casado porque a culpa era dos pais delas. Principalmente do seu irmão, era obrigado a reconhecer, ainda que a contragosto.

Embora influente e prestigiado, o pai das moças fora incapaz de pensar no futuro delas, parecia não ter tino e não se preocupara em providenciar bons casamentos para as filhas. Agora, as meninas colheriam os frutos desse desleixo. A não ser que ele cumprisse seu dever, chamando a si as obrigações e responsabilidades de chefe de família, e tratasse de cuidar delas. Eram ambas totalmente despreparadas para a vida.

A sorte era que ele, tio delas, estava ali, a postos, e não iria descurar de suas obrigações. A partir desse momento as duas ficariam sob as asas protetoras do poderoso barão de Vassouras. O mais aconselhável seria casá-las com seus filhos, ou outros dos primos. Seria a melhor forma de proteção do patrimônio familiar, ainda mais considerando que aos bens paternos elas agregavam, pelo lado materno, a condição de futuras herdeiras de sua avó, a baronesa de Campo Belo, a mais rica proprietária da região, de saúde frágil e em idade avançada.

Enquanto a charrete tomava a estrada, o barão se fechava em copas, entregue a seus pensamentos. Prometia a si mesmo e à memória do irmão recém-desaparecido que estaria à altura da tarefa que a vida lhe confiava nesse momento. Não deixaria as pobres meninas ao desamparo nem permitiria que sua imensa herança se dispersasse ou fosse consumida por algum estroina, uma dessas aves de rapina sempre a postos nessas ocasiões. Considerava que esse era um compromisso sagrado de sua parte. Portanto, podia ceder momentaneamente a um capricho das moças e deixá-las pernoitar em sua própria casa, como as duas agora insistiam em fazer, ainda que ele considerasse isso um despautério. Deviam estar ainda sob o efeito do choque da orfandade súbita. Mas ele logo voltaria, para buscá-las e lhes mostrar quem mandava naquela família.

Na Casa da Hera, exaustas mas com a cabeça turbilhonando, as duas irmãs tomaram a canja de galinha que a velha Cinira mantivera aquecida no braseiro do fogão a lenha e foram se deitar.

Nenhuma teve sono tranquilo, tantas as emoções dos últimos dias e as apreensões em relação ao futuro. Mas pouco antes de a manhã clarear, quando o galo ainda não havia cantado e os passarinhos nem mesmo começavam a despertar, Zizinha dava por findo o minucioso exame de sua situação e constatava ter chegado a uma certa tranquilidade dentro de si.

De coração partido, rezou pela alma dos pais. Muito especialmente, pediu a Deus que as amparasse, a ela e à irmã, nessa hora de uma nova perda tão dolorosa. Também orou para que Ele recebesse seu pai junto a Si, recompensando-o por sua visão antecipatória em relação às filhas. A insônia dessa madrugada tivera esse efeito: com nitidez, apesar do forte e dolorido aperto no coração, nesse momento de vazio no peito, em que se iniciava a total consciência da falta que o pai iria lhes fazer, ela também se dava conta de quanto devia ao exemplo paterno e a seus cuidados e influência.

Sua mãe nunca soube escrever. Apesar disso, Zizinha frequentara a Escola de Moças de Madame Greviet e aprendera muita coisa. Lia, escrevia, tocava piano, conhecia línguas estrangeiras, falava um excelente francês, era muito boa em contas. O pai a treinara em cálculos e sempre conversara com ela sobre negócios, explicando investimentos, alertando para riscos, destacando oportunidades, explicando seus atos. Além do mais, a moça tivera à sua disposição a vasta e variada biblioteca paterna que enchia as estantes da casa, com livros de literatura, história, leis, discursos, filosofia, assuntos econômicos. Todos protegidos da poeira, da umidade e das traças por cuidados constantes e portas de vidro. Sinal de quanto eram valorizados pelo dono da casa.

Coisa rara por ali, o pai tivera formação universitária: era bacharel em direito. A família vivia numa grande chácara numa pequena cidade do interior, fora da capital, em meio a imensas e ricas fazendas de café de propriedade de avós, tios e primos — ao menos uma meia dúzia de poderosos barões influentes. Mas ele se distinguira por se afastar desse cotidiano rural. Não era fazendeiro, não buscou obter títulos de nobreza na aristocracia imperial. Não cultivava café, não tratava de exportar suas safras para mercados estrangeiros, não dependia diretamente dos humores do clima nem do trabalho da escravaria. Após se formar em São Paulo, voltara para casa e se dedicara ao comércio e às finanças, seguindo os passos de antepassados mineradores e comerciantes. Intermediava a compra e venda das safras da região e funcionava como agente de crédito. Assinava revistas semanais estrangeiras que eram encadernadas em couro ao final de cada ano. Mantinha-se atualizado com o que se passava no país e no mundo, e conversava sobre as leituras com Zizinha, orientando-a pelos meandros do complexo funcionamento da economia. Gostava de incentivar o temperamento independente da filha, achava graça em sua maneira própria de ver as coisas.

 Ao sepultarem o pai de Zizinha e Chica, em meio às lamentações e aos cuidados com o destino das pobres órfãs, o que ninguém via era que o poderoso barão de Vassouras, seu irmão, estava completamente enganado. Não tinha qualquer fundamento sua preocupação em buscar casamento urgente para as sobrinhas — por mais que fosse esse o caminho óbvio e indicado por toda a sociedade nessas circunstâncias. Graças à educação que o pai lhes garantira, as duas irmãs estavam mais preparadas para a vida do que qualquer outra moça que se conhecesse por ali naquela época. Principalmente a caçula, que acabava de analisar friamente a situação em que se encontravam e concluíra que tinha perfeitas condições de pensar por si mesma, decidir sua própria vida e não se submeter à parentela.

 Como pouquíssimas brasileiras de sua idade e seu tempo, Zizinha podia ser dona de seu nariz. Bastava ser firme. Ainda que não tivesse modelos de comportamento nem mapas anteriormente traçados a lhe indicar caminhos já abertos.

 Mas não era capaz de calcular com exatidão o preço a pagar.

4
Rio de Janeiro, 1873

Qualquer que fosse seu nome, aos olhos de Zizinha era um Adônis. Não admira que fosse conhecido na cidade como Quincas, o Belo.

Teria sido esse um bom começo de capítulo para apresentar de maneira simétrica o ângulo dela, na primeira visão mútua, distante e fortuita, que cintilou entre os dois futuros namorados. Mostrar como ela também o observou e destacou à distância. Uma cena velha como a humanidade. Dois jovens que se descobrem no meio da multidão. Dessa vez, cercados de pessoas em movimento, no cais, no momento do embarque, em plena baía da Guanabara, junto ao mar, emoldurados pela linha de montanhas da cidade de São Sebastião do Rio de Janeiro. Tão clichê que passou a fazer parte da gramática básica do audiovisual: um zoom congela e imobiliza a imagem ou a passa para câmera lenta, sublinhada por uma música adequada.

Na versão semioficial que se guardou para a posteridade, foi assim que aconteceu. Viram-se de longe no cais, se escolheram, começaram a namorar no convés e nos salões do *Chimborazo*, o navio que os transportou à Europa. Pelo menos em termos da lenda que o futuro formaria sobre eles, foi assim.

Mas nessa cena que interessa agora, há muitas dúvidas. Para começar, há quem garanta que não era a primeira vez que se viam — o que é bastante possível.

Embora vindos ambos de províncias diferentes, das terras do café e dos campos da cana-de-açúcar, suas famílias eram bastante conhecidas e influentes, ocasionalmente frequentando a corte. A dela, rica e francamente aristocrática. A dele, sempre enfrentando dificuldades financeiras, mas de prestígio e presença marcante na política havia três gerações. Não surpreenderia se eventualmente girassem socialmente pelos mesmos círculos. Os jovens podiam já ter se encontrado. Era mesmo bastante provável que isso tivesse ocorrido, como não faltava quem assegurasse.

Por exemplo, talvez numa visita de Quincas em companhia do senador Nabuco de Araújo, seu pai, ao pai dela, alguns anos antes. Não eram do mesmo partido político e não teriam muito em comum desse ponto de vista. Pelo contrário, até estavam em campos opostos — um era liberal, o outro era conservador. Mas seus contemporâneos atestam que eram dois homens de bem, respeitados, que cultivavam os mesmos valores morais. Entre eles, poderia haver bem mais que tolerância: ambos abrigavam o respeito por ideias diferentes das suas e a curiosidade por conhecê-las.

Segundo alguns outros convidados do sarau que ocorria na casa nessa ocasião que os reuniu, os dois adolescentes, que então acompanhavam os pais, passearam juntos pelo jardim, conversaram um pouco, riram, pareceram se dar muito bem. Como era natural em sua idade, já que ficaram meio soltos enquanto os adultos conversavam. Outras pessoas confirmam ter ocorrido esse encontro, mas não o atribuem a uma visita, e sim a uma coincidência fortuita, por estarem os dois jovens, então com doze ou treze anos, acompanhando familiares ao solar de um conhecido comum para um recital de poesia.

Um número bem maior de testemunhas alimentou mexericos de que teria havido muito mais do que isso em outra ocasião. Garantiam que o namoro começara com os dois já adultos, numa regata a que ambos assistiram das areias da praia de Botafogo, quando os sorrisos e olhares trocados se prolongaram em conversas em voz baixa e deram origem a encontros posteriores. Ou talvez numa corrida de cavalos, no mesmo lugar, já que essa praia era o local onde se realizava o Derby, novidade que mais ou menos por essa época fora incorporada ao calendário social da cidade.

Nesse cenário, fosse em uma ou outra oportunidade, as duas cabeças, cuja beleza era por todos comentada e louvada, teriam sido vistas muito próximas, em cochichos no entrechoque das abas do chapéu feminino e da cartola masculina, durante quase todo o tempo que durou o evento.

Essa hipótese ajudaria a explicar a outra versão, também um tanto difundida. Segundo essa, os habitantes de Vassouras e das redondezas jamais esqueceriam um certo baile que houvera por lá nessa época. E nesse baile, uma certa valsa. Mais de uma, na verdade. Pois nessa noite, não se sabe por que nem a convite de quem, vindo da capital como um príncipe que chega de terras distantes, o belo Quincas, modelo de elegância em sua casaca bem talhada, flor na lapela, bigodes impecáveis, ombros largos e porte altaneiro, deslizou pelo salão abraçado a Zizinha. Um episódio inolvidável na memória dos eventos sociais locais. Em um decotado vestido de tafetá creme, com os cabelos escuros presos no alto da cabeça, um cacho displicente caído atrás da orelha esquerda, o pescoço esguio destacando os magníficos brincos e o colar de pérolas, a fina cintura enlaçada com firmeza pelo braço do par, a sinhazinha local atraía todos os olhares. Dos carinhosos aos invejosos. Girando em perfeita sintonia sob os candelabros de cristal, refletidos em inumeráveis espelhos, o rapaz e a moça davam eternidade ao momento, como se mais nada existisse no mundo além dos olhos um do outro, que mutuamente os sugavam para o fundo de si mesmos.

Aqui e ali, detalhes desses encontros se repetiam junto a diferentes ouvidos. Com tantas minúcias que fazem crer que todos esses momentos existiram. Os dois eram jovens e razoavelmente famosos dentro do restrito círculo em que eram vistos. Os mexericos, portanto, se tornavam inevitáveis — ainda que sussurrados muito em segredo.

Por isso, muita gente não acreditou jamais que a viagem de navio para a Europa no mesmo dia e no mesmo vapor tenha sido apenas obra do acaso ou coincidência fortuita. Ainda mais sabendo da forte oposição feita pela família da moça àquele projeto de travessia do Atlântico.

Até as vésperas da partida, a baronesa tia dela ainda insistira:

— Desistam, meninas. Essa viagem é uma loucura. Como vocês podem querer ir sozinhas para o estrangeiro dessa maneira? Seu tio já disse tantas vezes que seu lugar é aqui. Só posso concordar com ele. Deviam vir ficar conosco, instalar-se em nossa casa, deixar que ele cuide de tudo. Era o que seu pai gostaria, seguramente. Trataremos de lhes arranjar bons casamentos, talvez até dentro de algum ramo da família, de modo que não se tenha de subdividir nenhuma propriedade. É preciso pensar nessas coisas, levar em consideração o dia de amanhã. Sem dúvida, é a melhor solução. Não seja teimosa, Zizinha.

— Quantas vezes vou também precisar repetir que não quero nada disso? E não me considero um problema à cata de uma solução. Tia, não me leve a mal, mas entenda, de uma vez por todas, que eu sei me cuidar sozinha. Não preciso me casar.

Cansada de ouvir aquela discussão a se repetir diariamente com cada membro da família que se aproximava, Francisca resolveu vir em socorro da irmã mais moça e inventar uma desculpa poderosa, capaz de se impor e cortar aquela insistência:

— Vou lhe contar um segredo, titia. A verdadeira razão para não querermos nem discutir esse assunto. Logo antes de morrer, nosso pai nos fez prometer que jamais nos casaríamos. Estamos presas a um voto. É por isso. Não adianta a senhora querer insistir.

— Mas que história é essa agora? — indagou a tia.
— Nunca se ouviu falar disso.

Zizinha não gostou muito daquela saída, mas percebeu a força potencial do argumento frente aos parentes. Uma promessa ao pai era coisa séria. Ainda mais no leito de morte. Seria uma barreira poderosa a servir de obstáculo diante de tanta pressão familiar. Deixou que Chica prosseguisse com suas explicações:

— Ele receava que algum caçador de dotes ou aproveitador de fortunas viesse se apossar do que é nosso. O que tinha em mente era apenas nossa proteção contra aventureiros. E nós lhe fizemos a vontade, com uma jura solene. Não podemos quebrá-la.

Boa tentativa, pensou Zizinha. Talvez conseguisse diminuir a insistência dos parentes. Só tinha um problema: não levava em conta que sua lógica não combinava com a do seu pai. Ele, com certeza, jamais arrancaria das filhas um compromisso desses. Na certa não gostaria de que, sem netos, a totalidade de seus bens pudesse eventualmente um dia ir parar nas mãos de sobrinhos, irmãos ou primos, por falta de herdeiros mais diretos. Com toda a certeza, preferiria que seu legado ficasse com sua própria descendência, o que suporia ter as filhas casadas. Era uma lógica que saltava aos olhos.

Zizinha não acreditava que os tios fossem crer nessa invenção de Chica. Ficou esperando que contestassem com veemência. No entanto, viu que a irmã repetia a mentira com tanta convicção que não deixava muito espaço para dúvidas. Apenas o barão continuava a insistir. Não que duvidasse do que Francisca dizia, mas apenas como se estivesse prolongando as discussões que sempre tivera com o irmão sobre o assunto. Para o barão de Vassouras, as sobrinhas deviam se casar, e logo, enquanto seu valor ainda era alto no mercado matrimonial, e as bodas poderiam propiciar negócios interessantes que consolidassem o poder da família. Com ou sem juramento feito a seu irmão no leito de morte. Coisa que não devia mesmo ter muito valor, pois o moribundo com toda a certeza já delirava se havia arrancado das filhas compromisso tão absurdo, e já não devia ser capaz de avaliar as consequências daquilo que estava pedindo. Não era para se levar a sério. E ponto final.

Por outro lado, com o decorrer dos anos, Zizinha iria perceber que a própria Chica passara a acreditar naquela história absurda de promessa. Mas a irmã mais moça sabia que não era verdade e nunca quis compactuar com essa versão nem contribuiu para reforçá-la.

Lembrava-se bem da conversa que o pai tivera com elas, quando mandou chamá-las a seu quarto, pouco antes de morrer. Fizera questão de deixar bem claro que elas herdariam uma boa fortuna e, portanto, não teriam a menor necessidade de se casar apenas para garantir uma sobrevivência econômica confortável, no padrão a que estavam acostumadas. Se não quisessem desposar ninguém, não seriam obrigadas ao matrimônio. Poderiam viver muito bem sem marido, se assim o desejassem.

Mas, em seu leito de morte, o pai apenas as lembrara de que tinham condições de escolher. Sublinhara as excepcionais condições de autonomia em que as deixava, só isso. Não lhes exigira promessa alguma de celibato. Isso era pura invenção de Francisca, que Zizinha sabia não corresponder aos fatos reais. Prova disso é que, na primeira oportunidade, antes mesmo que o ano terminasse, a irmã mais moça iria tomar uma decisão em sentido contrário e ficar noiva.

A tia, porém, continuava sua argumentação por outro lado:

— Fiquem conosco. Vamos cuidar de vocês como se fossem nossas filhas.

Uma das primas, que assistia à conversa, também deu seu palpite, em tom preocupado e carinhoso:

— Imaginem só, duas moças pela Europa inteiramente sozinhas. Pode ser muito perigoso, Eufrasinha. E se lhes acontece alguma coisa?

— Cancelem essa viagem. Não pode ser boa para ninguém. Pode haver algum problema inesperado. A saúde de Chica é frágil.

Zizinha foi firme:

— Desculpe, tia, mas não há motivos para cancelarmos nada. Não se preocupe, estaremos bem. Não vamos sozinhas, Rita vai conosco. E, ao chegarmos lá, contrataremos uma criadagem local. Além do mais, não se esqueça de que existem excelentes médicos na Europa. E mais recursos de tratamento que aqui. A saúde de Chica estará em boas mãos. Não vai haver nenhum problema. Foi tudo muito planejado.

Fora mesmo. Não apenas ela tomara todas as providências junto a advogados para alforriar os escravos domésticos herdados da avó nesse mesmo ano. Cuidara ainda de monetizar outros bens provenientes do mesmo legado e organizar as medidas necessárias a fim de deixar a Casa da Hera aos cuidados dos criados fiéis. Para culminar, também constituíra procurador confiável para cuidar dos negócios em sua ausência, bem como das despesas de manutenção da chácara. Mais que isso: encarregara-o de lhe prestar contas de tudo, assídua e detalhadamente, de forma direta e autônoma, sem qualquer comunicação ao restante da família. Iria administrar tudo à distância, sem passar pelo crivo do barão de Vassouras nem de mais ninguém. Porém sabia perfeitamente que essas medidas para garantir sua autonomia só lhe traziam mais problemas com a família e mais animosidade. Nunca se enganara a esse respeito.

A hostilidade, porém, não mudava a situação. Estava decidido: embarcariam naquele agosto. Por coincidência, no mesmo vapor em que Quincas viajava. As duas irmãs e a criada Rita. Uma viagem de mais de um mês até a chegada a Bordeaux.

Assim, respirando a mesma brisa marítima sob o mesmo luar no mesmo convés, lá estariam as duas irmãs e Quincas, o Belo — dândi, sedutor de muitas solteiras e algumas casadas, afável e gentil no seu quase metro e noventa. Para todos os efeitos, mal se conheciam. Um não sabia da viagem do outro. Iriam ter um encontro casual, ainda que arrebatador. Nada havia sido combinado.

Até mesmo porque Chica não entenderia. Jamais perdoaria.

Desse detalhe, Zizinha não podia se esquecer. Agora, sem pai nem mãe, tinha de ser também pai e mãe de sua irmã mais velha e com problemas de saúde. Não tinha mais ninguém para cuidar de si.

Nunca mais filha. Mas para sempre dona de seu nariz.

5
Algum ponto do Atlântico Sul, setembro de 1873

O inegável é que viajaram no mesmo navio, o vapor *Chimborazo*. Zizinha e Chica, e mais a mucama Rita. Além do belo Quincas, claro. Desde o início da travessia, cada um soube que aquela viagem marcava uma nova etapa em sua vida. Zizinha deixava para trás o conforto e a segurança de sinhazinha rural, protegida pela família. Sabia que, ao pisar no convés e se dirigir para sua cabine, tomava em definitivo as rédeas de seus dias e começava a enfrentar o desconhecido. Mas estava feliz por se afastar do caminho mapeado e esperado por todos para ela: o do casamento escolhido pela família, com seu destino de obediência e submissão. Era rica, órfã, solteira e preparada. Não precisava ficar presa ao domínio do tio poderoso nem de homem algum.

Quincas, por outro lado, já estava acostumado com aquele ambiente em que os passageiros se movimentariam pelas semanas seguintes. Desde que, pela primeira vez na vida, embarcara num vapor no Recife para vir ao Rio, muitos anos antes, percebera o privilégio de viver numa época em que longas distâncias podiam ser vencidas tão facilmente por via marítima, sem mais depender de ventos nem dos caprichos e das imprevisibilidades do tempo. Agora ia realizar o sonho de conhecer a Europa.

Já tentara antes, de várias maneiras. Logo que atingira a maioridade e pudera ter acesso ao pequeno patrimônio que lhe fora deixado pela madrinha, voltara ao engenho onde fora criado por ela até os oito anos, para ver se a herança dela lhe propiciava os meios para viajar. Mas não havia liquidez e o legado rural, de um engenho vizinho e de fogo morto, era muito menor do que ele imaginava, além de já meio decadente, cheio de ruínas invadidas pelo mato, a exigir despesas para se manter. Era mais um sumidouro de recursos que um manancial. Constatou que, mesmo quando conseguisse vender a propriedade, o montante não daria para fazer face às despesas necessárias. Seria necessário buscar outras fontes.

Em seguida, fizera o possível para obter uma bolsa de estudos do governo. Mas as chances eram muito reduzidas para que o filho de uma família de políticos na oposição, conhecida por suas ferrenhas posições liberais, pudesse conseguir algum favor num governo conservador e forte. A tentativa representou apenas mais um desgaste em uma série de esforços vãos.

Quincas até mesmo tentara postular um cargo público no exterior, numa ocasião em que quisera acompanhar uma mulher casada com quem se envolvera, cujo marido diplomata ia servir em importante capital europeia. O rapaz, porém, não levara em conta que os mexericos fervilhantes nos salões da corte, a veranear em Petrópolis, já haviam causado considerável escândalo. Acabaram por impedir uma nomeação quase certa, que lhe foi negada pessoalmente pelo ministro do Império, num despacho claro e peremptório, em que afirmava recusar-se a autorizar imoralidades e propiciar uma viagem romântica. Assim, a dama viajara com o marido. E ele ficara no Brasil, logo livre para descobrir outras graças igualmente sedutoras. Pela vida afora, porém, guardaria desse romance a lembrança diariamente renovada, ao dar o nome da então amada à filha que teria daí a muitos anos com outra mulher. Caprichos do coração e da memória, a escolher distintas sucessoras.

O fato é que agora finalmente embarcava rumo à Europa, como sonhava. Acabara indo, de qualquer maneira. Em outro momento, outras condições. Por fim, conseguira vender o pequeno engenho decadente que herdara da madrinha. Ciente da importância da viagem para a formação do filho, seu pai terminara por contribuir também com alguns recursos que, certamente, fariam falta ao cotidiano da família no Brasil. Dessa forma, Quincas agora estava a caminho.

A Europa o esperava e o jovem tinha certeza de que essa temporada no exterior, tão desejada, seria uma experiência enriquecedora e de peso em sua vida. Mas não podia negar que sua felicidade nesse momento se completava com uma alegria inesperada: em matéria de romantismo, essa viagem agora compensava e muito a frustração da que lhe fora negada anteriormente. Sucumbira por completo à atração de Zizinha.

Debruçado na amurada do convés, sob o céu estrelado da noite sem luar, Quincas deixava o pensamento vagar. Mais uma vez, como em viagens anteriores ao longo do litoral, lhe ocorria imaginar os horrores que aquelas águas já haviam presenciado por tantos séculos, na incessante travessia dos tumbeiros que traziam escravos da África para o Brasil, amontoados em seus porões. Lembrava-se de sua infância no engenho da madrinha, trazia bem viva na mente a memória da presença de escravos por toda parte. Tinha carinho por eles, saudades do convívio na fazenda, mas ao mesmo tempo era tomado por um sentimento contraditório. Sentia vergonha de que o país tolerasse esse sistema e nele se apoiasse. Era preciso acabar com a instituição do cativeiro.

Guardava muito nítida, em especial, a lembrança de quando, ele ainda muito menino, o escravo de um vizinho viera correndo e se jogara a seus pés, a implorar que a criança o comprasse para livrá-lo dos maus-tratos que o dono lhe infligia. Ficara marcado pela súbita consciência que lhe surgira naquele momento e nunca deixaria de assombrá-lo pela vida afora: a de que estava cercado de gente que podia ser comprada e vendida, que não era livre para fazer o que quisesse nem ir aonde bem entendesse. Até mesmo essa palavra, *dono*, o enchia de culpa, horror, revolta.

Olhando a imensidão do mar, vieram à lembrança de Quincas os versos recentes de seu colega de faculdade, o poeta Castro Alves, sobre os navios negreiros. A evocação fazia mesmo lembrar um pesadelo ou uma cena do Inferno de Dante e a exclamar "Meu Deus! Que horror!". Como um ser humano podia se considerar dono de outro? Como uma sociedade aceitava tamanha crueldade, indiferente à dor alheia? Quincas não podia se conformar.

Ainda há pouco tempo, quando voltara a Pernambuco e fora tratar da venda de sua herança para levantar fundos para aquela viagem à Europa, fizera uma visita sentimental ao engenho onde fora criado. Lá, no meio do mato que cercava a igrejinha e a sepultura da madrinha, vira as cruzes toscas que marcavam onde estavam enterrados alguns dos fiéis cativos que haviam ajudado a tecer as emoções de sua infância. Sentindo-os parte daquela terra a seus pés, fizera um juramento solene a si mesmo, a Deus, à memória de sua meninice e até mesmo aos santos um tanto desconhecidos que aqueles negros cultuavam: tentaria fazer alguma coisa para acabar com a escravidão no Brasil. No entanto, não conseguia imaginar o que poderia estar a seu alcance numa empreitada desse vulto, por maior que fosse sua vontade de agir. Como seria possível cumprir sua promessa? Não fazia ideia do caminho a seguir.

Ficou muito interessado nessa tarde, quando Zizinha lhe contara que seu pai nunca tivera escravos e se orgulhava disso. Claro, uma análise mais racional obrigava Quincas a reconhecer que o pai dela não dependia deles diretamente, não tinha plantações que exigissem trabalho intensivo de mão de obra barata. Talvez também seu tino comercial o tivesse feito pressentir a crise da lavoura cafeeira e o houvesse levado, desde o começo da vida, a não se apoiar em fazendas ou na agricultura para seu sustento. Ou apenas se sentisse mais atraído pelo universo das finanças. E não dava para negar que na casa da família houvera, sim, escravos domésticos. O pai de Zizinha sempre podia dizer que não eram dele porque tinham vindo no dote da esposa ou, mais tarde, seriam herdados da sogra. Mas não mentia ao frisar que ele mesmo jamais adquirira uma pessoa, como se fosse mercadoria. Orgulhava-se disso. Tinha motivos: tratara até de providenciar a alforria de todos os cativos sobre cujo destino teve alguma influência. Esse exemplo permitia que a moça entendesse um pouco do que ia pelas ideias de Quincas, ainda que os tios dela fossem escravocratas convictos.

De qualquer forma, casos como esse eram admiráveis e raríssimos. Os poucos que Quincas havia conhecido em sua vida, de ouvir dizer, não chegariam a se contar nos dedos de uma mão. Ex-escravos possuíam escravos. Abolicionistas conhecidos, também. As primeiras tentativas de incentivo à imigração asiática e europeia ainda eram tímidas. A sociedade dependia do trabalho escravo e não criava alternativas para ele. Esse era o pretexto para o adiamento constante de uma solução, quando tantos outros países pelo mundo já estavam banindo a escravatura, um em seguida ao outro. Mas Quincas não se deixava enredar pelas desculpas a alimentar essa procrastinação perpétua. Sua convicção se firmava, volvia-se inabalável. Era urgente acabar com o cativeiro. Só não sabia ainda como canalizar essa certeza.

Fora muito bom poder discutir esse assunto com Zizinha. O tema da escravidão era crucial para ele, e poucos entendiam seu ponto de vista, sua indignação, sua urgência em fazer o possível e o impossível para acabar com o cativeiro. Por vezes zombavam dele, quando não o agrediam sumariamente ao ouvir seus arrazoados.

Zizinha, porém, o ouvira com atenção, parecendo mesmo admirar a paixão e o entusiasmo com que os argumentos do rapaz se sucediam, veementes, em sua voz cálida e musical. Lembrar-se do olhar dela enquanto o escutava falar aquecia o peito de Quincas. Ah, como essa moça o atraía... Cada vez mais.

Apesar da má vontade de Francisca e de sua vigilância ciumenta e ranzinza, ele e Zizinha se deliciavam um com o outro à medida que iam se conhecendo mais. Na antiga Grécia, se diria que era como se Afrodite os tivesse escolhido para formar um par perfeito, e enviado Eros para atingir seus corações com setas certeiras. Agora talvez alguém falasse em almas gêmeas.

De qualquer forma, mesmo que disso ele não tivesse a mínima desconfiança, eram outros os deuses que nesse momento estavam por perto, contemplando o jovem cujos cabelos claros e ondulados a brisa despenteava.

Mais uma vez, Poseidon — com seus corcéis de ondas a essa altura repousando e quase adormecidos — observava a atitude amorosa e protetora de Iemanjá a velar por ele e ficava intrigado com o mistério de tanto zelo por alguém tão evidentemente europeu. Não era ela uma deusa africana? Que predileção poderia ter por um jovem branco como aquele? Que terras eram essas de onde os passageiros daquele barco provinham, habitadas por gente que simultaneamente recebia deuses tão diferentes quanto os do Olimpo, os orixás e tantos outros mais antigos ou mais novos em convívio até certo ponto respeitoso?

Dando as costas para o mar, Quincas se recostou na amurada e, sob a luz de lanternas esparsas, contemplou as cadeiras de palhinha espalhadas pelo convés. Em algumas delas, havia uma manta de lã meticulosamente dobrada e pendurada no encosto. Os agasalhos eram uma novidade que a tripulação deixara ao dispor dos passageiros desde dois dias antes, para as tardes e noites mais frescas que começavam a se fazer presentes. Até havia pouco, nenhum cobertor tinha sido necessário, tão quente havia se mantido o ar dos dias primaveris perto do Equador.

Nessa tarde, quando uma aragem se fizera sentir, o rapaz tentara fazer uso desse novo conforto, oferecendo uma manta para aquecer Francisca, a quem queria agradar, num gesto de gentileza e aproximação. Foi repelido quase com maus modos.

Estava se revelando muito difícil estabelecer uma relação afável com a irmã mais velha de Zizinha. A reação era sempre ríspida, embora dentro dos limites das boas maneiras. Na borda da polidez, ainda que não grosseira. O rapaz não atinava com a razão dessa hostilidade velada. Não estava acostumado a encontrar tamanha barreira a seu sorriso cativante e suas palavras sedutoras. Sobretudo, por parte de uma mulher. Ficava algo perplexo, sem saber como agir.

Mas, com Zizinha, tudo ia bem. Estavam vivendo dias de descobertas mútuas, todas agradáveis. Além de belíssima, com aqueles olhos grandes sob espessas sobrancelhas arqueadas, a moça era inteligente, culta, espirituosa, divertida. Seu porte gracioso e sua elegância natural provocavam admiração e faziam com que todos olhassem para ela, quando entrava em qualquer ambiente. Daria uma excelente esposa para um advogado famoso, um poeta respeitado ou um político em ascensão, já conhecido por seus dotes de orador e polemista.

Zizinha era solteira, rica e deslumbrante. Mais importante ainda: ficava cada dia mais claro que estava tão apaixonada por ele quanto ele por ela. Eram ambos livres e desimpedidos. Nessa noite amena, sozinho no convés sob o firmamento estrelado, Quincas pensava nela, recapitulava episódios do namoro, pesava os diversos lados do assunto e tomava sua decisão. Ia pedi-la em casamento. A ela mesma, posto que a moça não tinha pai ou irmão e não dependia de nenhum outro parente. Isso facilitava muito as coisas. Ele não precisaria esperar que o fim da viagem trouxesse o dia de conhecer a família dela e fazer o pedido numa cerimônia formal.

Da vastidão das águas, Iemanjá olhava seu menino, agora crescido. Por perto, Ogum, orixá guerreiro, a observava. Entre protetor e implicante, parecia querer dizer algo. Talvez:

— Esse rapaz é um guerreiro. Não é só você que o protege. Eu também procuro estar por perto, ele é do bem e vai precisar. Mas é muito orgulhoso, altivo demais, nem toma conhecimento de nossa existência, não nos dá qualquer importância. Não me respeita nada. Às vezes, bem que tenho vontade de lhe dar uma lição. Mostrar a ele quem manda. Que tal nos juntarmos agora para dar um susto nele?

O vento girou diferente, trazendo para perto Iansã, senhora das tempestades.

— De jeito nenhum. Agora não. Podem fazer com ele o que quiserem. Eu não me importo. Mas essa moça é minha. Dela cuido eu. Jamais uma tormenta lhe fará mal. Não permitirei.

Nem todas as tormentas, porém, são físicas e literais, com raios, ventania e chuvarada. Para cuidar de Zizinha, Iansã ia ter de se desdobrar, em rotas nunca antes navegadas.

6
Algum ponto do Atlântico Norte, setembro de 1873

O último mês fora intenso.
Tudo era novo e diferente no mar. E as emoções de Zizinha estavam à flor da pele, com sentimentos tão desencontrados. A expectativa sobre o que iriam encontrar à frente. Uma leve apreensão com o futuro. Alguma saudade do que deixava para trás, sem saber até quando. A animação de saber que se abria diante de si uma vida inteiramente nova, em condições que, até há pouco tempo, nunca pudera imaginar. Dona do seu nariz e se estabelecendo na Europa. Sem ter de dar satisfações a ninguém e capaz de gerir à distância seus próprios negócios.

Para culminar, as emoções que vivia naquela viagem romântica. Os sorrisos cúmplices, as conversas que duravam horas, as confidências trocadas, as despedidas prolongadas cada vez que tinham de se recolher. Passeios no convés, se o tempo permitia. Refeições lado a lado, encontros nos salões, jogos sociais, saraus, pequenos concertos com os músicos de bordo.

Com o namoro cada vez mais evidente para qualquer um, Quincas e Zizinha não faziam mais segredo de que queriam estar juntos o tempo todo. Francisca se preocupava e tentara interferir:

— Não achas que te expões em demasia, mana? Isto aqui é um pequeno mundo, toda a gente vê tudo e sabe de tudo. Mas não te iludas: nada disso ficará apenas por aqui. As ramificações irão muito longe. Tu te tornas vulnerável. A bisbilhotice está em toda parte. Assim que pusermos os pés em terra, as cartas dos outros passageiros vão começar a atravessar o mar. E bem podemos imaginar os comentários.

 Sentada diante do espelho da pequena penteadeira de sua cabine, Zizinha continuou escovando os longos cabelos e deu de ombros:

 — Pois que comentem, Chica. Não temo nenhum disse me disse. Não estou fazendo nada errado. Não tenho nada a perder.

 — Discordo dessa opinião. Mas, mesmo que tenhas razão, ainda assim devias ter cuidado.

 — Com quê? Com o que dizem? Francamente, não devo nada a ninguém. Sou dona de mim mesma. Somos, Chica, as duas. Não percebes a enormidade disso, minha irmã?

 A mais velha ficou um pouco em silêncio, ruminando os pensamentos. Depois, apenas esboçou:

 — Mas nosso pai não iria gostar. Nem nossa mãe.

 — Isto é o que dizes tu. Mas como podes julgar?

 — Eles não gostariam de ver essa aproximação tua com um rapaz como esse. Ainda mais assim tão intensa. E tão rápida. Vocês dois estão inseparáveis, como se fossem amigos de longa data. Afinal, trata-se de alguém que nós acabamos de conhecer... E, ainda por cima, com essa fama horrível que ele tem, de galanteador, conquistador, namorador de senhoras casadas. Todo mundo sabe que ele não pode ver um rabo de saia que já vai logo atrás. As mulheres de nossa família nos deram muito bons exemplos e não costumam...

 — As mulheres de nossa família nos deram muito bons exemplos mesmo — cortou Zizinha, começando a prender o cabelo com uma travessa de casco de tartaruga e prata lavrada. — E é nelas que eu me espelho. Como se as visse aqui diante de mim neste cristal. Para começar, na bisavó Mariana de mamãe a *vó Mariana* de que mamãe sempre falava. Ninguém mandava nela. Fez o que quis e administrou os bens como achou melhor. E é exatamente isso o que estamos fazendo. Até começamos um pouco tarde, porque ela enviuvou aos dezenove e nós já temos mais idade do que isso.

— Mas foi muito diferente.

— Por quê? Porque ela casou duas vezes e teve muitos filhos? E quem sabe se eu também não me caso? Pelo que nos mostrou a famosa *vó Mariana*, não há nenhuma incompatibilidade. E também a avó baronesa de Campo Belo, que era neta dela e aprendeu direitinho como se faz. Essa então, quando enviuvou, multiplicou os bens de uma forma que até hoje nos beneficia. Casar não precisa ser um empecilho.

— Casar? — interrompeu Chica, mal refeita do espanto. — Tu? Com quem? Com esse dom-juan de bigodes encerados? Francamente, Zizinha, não faltava mais nada. Não me digas que estás pretendendo entregar tua fortuna nas mãos desse dândi para que ele a esbanje em roupas, noitadas, festas e viagens. Um doidivanas.

— Não se trata disso. Não estou pretendendo entregar minha fortuna a ninguém. Tenho juízo bastante para não me deixar enredar por algo que me leve a cometer uma sandice dessas. E se tu não amarrasses a cara e armasses essa tromba toda vez que ele chega perto...

— O que é praticamente o dia inteiro, já que não desgruda nunca...

— ... pois então, se não ficasses de cara amarrada o dia inteiro, verias como ele é inteligente e como aquilo que diz é interessante.

O tom petulante da resposta era sublinhado pelo gesto delicado com que enrolava no indicador direito um cacho brincalhão, que escapava dos lavores em prata da travessa com que prendia a cabeleira no alto da cabeça, deixando a descoberto a penugem da nuca. Zizinha sabia bem do efeito de acaso que costumava ter esse recurso atentamente preparado, insinuando imaginadas intimidades.

Até um deus se sentiria atraído pelo detalhe. Daí a pouco, quando caminhasse pelo convés à luz do poente, talvez fosse possível a um olhar atento e sonhador distinguir

Apolo entre as nuvens do céu, a refrear os cavalos e reduzir a velocidade de sua carruagem no pôr do sol que incendiava o horizonte. Só para prolongar aquela visão por mais alguns instantes.

Mas Chica não se sensibilizava. Imune a esses encantos, estava acostumada com a beleza da irmã. Seguia em frente em sua oposição, sem dar a mínima importância a eventuais poses ensaiadas, como se para modelos de camafeu. Não faziam o menor efeito sobre ela, antes a irritavam.

— Interessante? Pois sim... Como podes dizer uma tolice dessas? Com todas aquelas ideias liberais que aprendeu na família dele, pelas mãos daquele pai senador... Diz um monte de tolices e tu ficas babando, pendente de cada palavra. Não nos faltava mais nada. Vamos agora nos atrelar à posição de um adversário político de todos nós? Esqueces que se trata de alguém que quer acabar conosco, causar nossa ruína. Como não percebes o perigo? Como teimas em não ver?

E antes de sair, quase batendo a porta da cabine, deu o assunto por encerrado. Pelo menos, naquele dia e naquela hora. Porém Zizinha tinha certeza de que aquelas não seriam suas palavras finais, mas apenas uma deixa dramática para sua saída de cena:

— Não tenho mais paciência para essa conversa mole.

As discussões tinham sido constantes nas últimas semanas. No convívio permanente dentro do ambiente limitado do navio, a tensão entre as duas irmãs crescia. Zizinha não tinha o recurso de mandar selar um cavalo para sair galopando pelo campo ou subir numa charrete e ir visitar uma amiga, como faria se estivessem em Vassouras. Ou de ir ver as vitrines ou fazer compras na rua do Ouvidor, recurso sempre possível no Rio.

Era obrigada a ficar ali, ilhada, a ouvir a repetição daqueles comentários implicantes. Sem poder se afastar. Afinal de contas, mesmo varrido por todos os ventos e cercado pelo infinito das águas, um vapor era um lugar fechado. Por vezes, isso começava a lhe dar nos nervos. Mas, por outro lado, bem que estava gostando da viagem e muito, com Quincas ao pé de si o tempo todo, a se desvelar em agradá-la e satisfazer a todos os seus eventuais caprichos.

Chica cobrava de Zizinha a promessa de não casar, feita ao pai, esquecendo-se de que esse voto jamais existira. Insistia em argumentar que, como irmã mais velha, queria proteger a caçula do golpe armado por um pé-rapado, um estroina. Via nele um reles caça-dotes, ainda que de família influente. Acentuava todas as ideias liberais que o senador Nabuco de Araújo já defendera e agora as duas ouviam de novo, aumentadas e veementes nas palavras do filho. Recorria ao sentimentalismo, exagerando seu desamparo, e mostrava receio de ficar abandonada se a irmã casasse e a deixasse na solidão, coxeando pela vida afora.

De seu lado, Zizinha estava atenta a outros cantos sussurrados em seu ouvido. Quincas falava em casar, queria ficar noivo, mandar correrem os proclamas. Poderiam marcar logo uma cerimônia discreta, passar uma longa lua de mel na Europa e depois voltar para se estabelecer no Brasil. Ela queria e não queria. Mas achava que queria mais do que não queria. Desejava estar sempre com ele, disso não tinha qualquer dúvida. Mas não tinha certeza de querer abrir mão de uma liberdade pela qual começava a tomar um gostinho crescente, e ser forçada a passar o controle de sua vida a um marido — o que seria inevitável ao se casar. Os exemplos das mulheres da família como administradoras eram fortes. Mas, para isso, precisaram antes ficar viúvas.

Por vezes tinha vontade de poder consultar alguém. Como se contava que a trisavó Mariana fizera ainda no século XVIII, quando lhe apareceu uma cigana, bem na venda de que ela cuidava, às margens do rio Paraibuna.

No meio do intenso movimento de tropeiros, militares e viajantes que esperavam para cruzar o rio naquele ponto, um dos mais tranquilos naquelas águas tão cheias de pedras e encachoeiradas, aproximara-se de Mariana uma mulher de meia-idade, saia colorida arrastando pelo chão, longas tranças pelo meio das costas, brincos compridos pendentes das orelhas. Oferecera-se para ler a mão da mocinha que tomava conta do entreposto e atendia os fregueses. Era ainda tão jovem, quase uma menina.

    Entre a brincadeira e a dúvida, Mariana lhe mostrara a palma estendida. Ouviu coisas espantosas: que seria dona de muitas terras, mãe de muitos filhos e filhas, teria nobres na família e receberia um rei em casa. Muitos anos mais tarde, depois de enviuvar, vender o armazém tosco e começar a explorar uma pequena roça que foi se transformando em uma sucessão de grandes fazendas, quando já estava viúva do segundo marido e era sogra e avó de barões, a matriarca Mariana hospedou o imperador em uma de suas viagens pelo interior do país. E de repente, em meio a suas providências de anfitriã hospitaleira, se lembrou do que ouvira na adolescência. Percebeu que a profecia da cigana se cumprira até o final. Talvez porque a jovem tivesse acreditado tanto naquelas palavras que trabalhou para que se tornassem verdade.

    Não era exatamente isso o que Zizinha queria agora. Não almejava conhecer o futuro nem estava à cata de previsões. Mas gostaria, sim, de poder se aconselhar com alguém em quem confiasse. Com os pais, talvez. Teria sido o natural. Mas não estavam mais vivos, ali a seu lado, disponíveis para conversas. Ela procurava não pensar nisso, mas estava sentindo muita falta deles. Francisca era sua irmã mais velha, mas não ajudava. Não fazia qualquer esforço para entender ou ser solidária. Zizinha se sentia um tanto só. Não buscava profecias, mas seria bom poder trocar ideias, pesar os prós e os contras de cada escolha.

    Se estivesse na Casa da Hera, podia ir até a cozinha e conversar com a velha Damiana, mãe de Cinira. Sábia como poucos. Misteriosa, também. Jogava búzios, depois de sacudi-los nas mãos fechadas e juntas, às vezes levadas à boca para captar um fôlego, como se o saber da alma se insinuasse no sopro que dava, concentrada e de olhos fechados, pela abertura que se formava entre polegar e indicador em círculo, respiração a se derramar para dentro das mãos em concha, búzio humano com cauris chacoalhados em seu interior.

    Damiana afirmava ler o que eles revelavam, pela posição e localização em que caíam, esparramados. Depois, ia dizendo uma porção de coisas, nem sempre fáceis de entender, lá naquela fala arrevesada dela, misturando o português com as línguas africanas. Mas qualquer pessoa que a procurasse com respeito se sentia reconfortada depois de algum tempo em sua companhia, banhada pela bondade que se derramava de seu olhar. Sempre alguma coisa, entre as tantas frases que dizia, acabava por trazer algum conforto ou servir de ponto de partida para uma reflexão. Zizinha gostaria de tê-la por perto nesse momento.

    Estava pensando nisso quando bateram à porta. Era Rita. Vinha saber se a patroa queria ajuda para alguma coisa, se já pretendia se vestir para o jantar.

— Não, obrigada.

— A sinhazinha quer que acenda o lampião? Está escurecendo.

— Pode acender.

— Está tudo bem? A senhora está aí tão quieta. E vi a sinhá Francisca sair daqui ainda há pouco com um ar meio zangado.

— Ela vive zangada agora. Implica com o Quincas sem parar...

    Rita já percebera. Não tinha como não notar. Melhor ficar calada, se Zizinha não fizesse mais confidências. Mas a moça suspirou:

— Acho que eu estava era com um pouco de saudades de casa, Rita. Lembrando tudo que deixamos para trás. Pensando em Damiana.

— É capaz dela também estar com saudades. Ela gosta muito da sinhazinha.

— E eu dela. Estava pensando que não me despedi direito de Damiana antes de sair. Só dei um abraço rápido nela e na Cinira e fui saindo, conferindo se a bagagem toda já fora recolhida, preocupada com a charrete que me esperava. Queria era poder ter ficado algumas horas ao pé dela, com calma, pedir a bênção. Mas eram tantas providências para tomar, deixar tudo organizado na casa, nos negócios, viajar para o Rio de Janeiro. Acabei não tendo tempo para tudo.

Rita olhou firme para a patroa e anunciou:

— Mas eu sei que na véspera de nossa viagem ela jogou búzios pela sinhazinha, mesmo sem que ninguém lhe pedisse. E sei um pouco do que ela leu.

E pela boca de Rita, vindo da lembrança das palavras que tinham ficado, farelos da linguagem meio confusa de Damiana, Zizinha ouviu a previsão de que haveria um grande amor no seu caminho. Que ia durar muito, mas o caminho era só de pedras.

Ouviu também umas frases de conforto ou conselho: que a sinhazinha não se preocupasse muito com mais nada em sua vida, porque era uma guerreira. E as mulheres guerreiras são protegidas de Iansã.

Surpresa e confusa, a moça não entendeu muito. Só perguntou:

— Iansã? O que é isso?

— É um orixá — esclareceu Rita, hesitante.

— Continuo sem entender. O que é isso?

Ai, como explicar? Rita só sabia mais ou menos, não podia dizer que era uma deusa, porque não era isso. Palavras como entidade ou divindade não faziam parte de seu repertório nem esclareciam o conceito. Suspirando, Rita repetiu o que em geral se achava mais fácil dizer:

— Uma espécie de santo africano. Iansã é guerreira, uma santa boa de briga. Protege as mulheres que precisam lutar. Mas também cuida das tempestades. É mais ou menos como Santa Bárbara.

— Ah, entendi... — respondeu Zizinha com um ar distraído, sem dar maior importância à explicação. E fez um sinal indicando que Rita podia sair.

Mas não estava nada distraída. Queria era ficar sozinha, pensando em tudo aquilo. No grande amor e no caminho cheio de pedras. Na discussão com Chica e no fato de que Damiana achava — ou sabia — que ela era uma guerreira. Não acreditava muito nessas coisas, mas às vezes serviam para alimentar os pensamentos e guiar um pouco.

De repente, percebeu que tinha um nó na garganta e seus olhos se enchiam de lágrimas. Surpresa, entendeu que estava comovida por saber que Damiana jogara os búzios por ela. Como se adivinhasse que ela iria precisar que suas palavras e seu carinho lhe chegassem ao longe um dia. Numa espécie de abraço.

Não estava tão sozinha, afinal.

7
Versalhes, novembro de 1873

O navio atracara em Bordeaux em fins de setembro. Uma das primeiras cidades do Ocidente a abolir a escravidão. Desde 1571, o Parlamento local declarara a liberdade de todos os escravos. Na contramão da tendência então dominante: no decorrer do século seguinte, tanto os holandeses quanto as colônias inglesas na América iriam promulgar uma série de leis legalizando a escravidão.

Talvez Quincas não soubesse ainda desses detalhes nesse instante. Mal começava a se abrir para o mundo e a História. Mas tinha perfeita consciência de que o Brasil, no momento, era o país ocidental mais atrasado na questão do cativeiro.

— Uma vergonha diante do mundo.

O entusiasmo por estar na Europa não o deixava esquecer seus ideais, embora ainda um tanto vagos e misturados de cambulhada com muita coisa mais. O comentário, se lhe ocorresse, logo se calaria diante do deslumbramento que lhe causou a magnífica catedral gótica de Santo André, com a leveza de seus arcobotantes entremeando capelas conjugadas e a elegância do campanário isolado, na Torre de Pey-Berland.

Em sua mente, já se anunciava o tom geral da excursão europeia que ora se iniciava, ao tomarem o rumo de Paris. Por toda parte, o que predominaria em suas impressões, ao lado das tentações mundanas e da curiosidade política, tão fortes em seu espírito, seria o encantamento com os monumentos artísticos, os ecos de poemas e textos de grandes escritores, as maravilhas que encontrava a cada passo.

De sua parte, mal chegou à capital francesa, Zizinha dedicou-se logo a questões práticas. Tinha muito o que fazer. Tendo anteriormente tomado as providências adequadas para que isso fosse possível, já na primeira semana de outubro ela e Francisca estavam bem instaladas em Paris, na rue Presbourg, endereço nobre no bairro chique de Saint Germain, em aposentos ricamente mobiliados e servidas por criadagem à altura.

Quase todas as noites, recebiam a visita de Quincas. Também saíam muito juntos. Passearam nos parques, percorreram os Champs-Élysées, fizeram passeios de charrete pelos bosques das redondezas. E tentavam conseguir as boas graças de Francisca:

— Esta noite vamos ao teatro, Chica. Vai ser ótimo. Venha conosco, tenho certeza de que vamos gostar muito.

Entre a má vontade e a curiosidade, a irmã hesitava. Zizinha insistiu:

— É na Comédie-Française, mana. Deve ser uma beleza. Uma peça de Molière, querida. Lembra como Madame Gréviet falava dele com tanto entusiasmo? E como demos boas gargalhadas com ela, lendo a história do burguês fidalgo? Agora vamos poder ver a montagem ao vivo, num palco, com grandes atores franceses representando. Um sonho... Não dá nem para acreditar.

— Que peça é?

— *O Avarento*.

Com um sorriso irônico, Francisca fulminou:

— É, pode ser educativo para uns e outros. Talvez sirva de lição para que esse teu amigo doidivanas não seja tão gastador.

— Então vamos — disse Zizinha em tom conclusivo.

Pensara em fazer uma ligeira correção, mas achou melhor deixar passar.

Chica sabia, não precisava que ela lhe lembrasse que Quincas não era mais apenas seu amigo, mas seu noivo. Já a pedira em casamento e ela já aceitara. De Bordeaux mesmo, assim que o vapor aportara, ele já tinha escrito aos pais contando a novidade, e participando a decisão. Também tinha pedido ao senador que providenciasse os documentos necessários ao matrimônio, pois não pretendiam esperar muito. Não planejavam deixar a cerimônia das bodas para a volta ao Brasil. Iam se casar na França mesmo.

 Chica sabia de tudo isso. Ouvira todos os detalhes, ainda que discordando do plano. Ao se referir a Quincas como "teu amigo doidivanas" só pretendia mesmo implicar e lavrar seu protesto já reiterado em excesso. Mas Zizinha estava feliz demais para ficar alimentando discussão com a irmã a cada instante. Preferia aproveitar o bom momento e celebrar toda a satisfação que essa ida ao teatro poderia lhes dar.

 Estava feliz. Tudo corria às mil maravilhas. Mal fazia duas semanas que tinham chegado e já estavam bem instaladas, encontrando amigos e se fazendo íntimas da cidade. Essa noite, estariam circulando pelos corredores entre os camarotes do grande teatro, misturando-se a damas e cavalheiros da plateia elegante, que tanto admirava o que se passava no palco quanto apreciava o eterno desfile de conhecidos e desconhecidos a se cumprimentar durante o intervalo.

 Zizinha queria ver tudo, conhecer todos, explorar todos os lugares. Quincas era a companhia perfeita para isso, com avidez ainda maior do que a dela, para submergir naquele mundo com que tanto sonhara, durante tanto tempo. Eram ambos bem relacionados, cheios de amigos brasileiros que já estavam em Paris há mais tempo e agora não escondiam o prazer de poder apresentá-los à sociedade local. E ainda animavam as duas irmãs, numa série de sugestões, capaz de deixar qualquer um tonto diante da profusão de escolhas:

 — Aproveitem que o outono está lindo e façam alguns passeios pelas redondezas. Depois que o inverno começar pode ficar muito frio para viajarem.

— Por que não vão a Versalhes? Ou a Fontainebleau? Nesta época os bosques estão belíssimos, as folhas douradas, laranja, amarelas. Não temos nada disso no Brasil, é um espetáculo único, vocês não podem perder. E os palácios são maravilhosos.

— Ou então podem conhecer os castelos renascentistas do vale do Loire...

As irmãs decidiram primeiro passar umas semanas em Versalhes, que ficava mais perto. Durante a estada, Quincas foi até lá visitá-las com frequência.

Juntava o útil ao delicioso. Aproveitava que a Assembleia Nacional estava instalada no Palácio de Versalhes e ele desejava muito acompanhar seus trabalhos, ouvir os discursos parlamentares, conhecer os políticos em evidência. Apreciava a eloquência dos oradores, analisava seus estilos. Nas frias manhãs de outono, ao lado de um amigo, Quincas procurava os melhores lugares na plateia para testemunhar a História enquanto ela se fazia, em debates que empolgavam a opinião pública do país, num momento de ânimos acirrados. A experiência da Comuna de Paris e sua derrota eram ainda muito recentes, vívidas na memória de todos, e a polêmica entre republicanos e partidários da restauração monárquica estava na ordem do dia.

Os interesses de Quincas, no entanto, se dividiam. O espetáculo da política o atraía. Ao mesmo tempo, o chamado das letras e das artes era outro polo para seu espírito. Visitava monumentos e catedrais, mergulhava nos museus, deslumbrava-se com as obras que se revelavam a seus olhos. Fazia questão de tentar conhecer escritores importantes, aproximar-se dos intelectuais em moda no momento.

Não sossegou enquanto não conseguiu ser recebido em Paris por seu ídolo, o grande escritor Renan, tão famoso e influente com sua filosofia crítica. Após subir os quatro lances de escada do apartamento da rue Vanneau, na primeira de uma série de entrevistas que lhe deixaram marcas fundas, sentiu-se num estado de total encantamento com a inteligência do polêmico autor. Sabia que o mestre também o apreciara, pois lhe deu cartas de apresentação para outros intelectuais, abrindo-lhe as portas para encontros com escritores da expressão de George Sand, Taine, Littré e tantos mais. Era todo um universo que se oferecia a sua curiosidade, e ele pretendia aproveitá-lo até a última gota, deixando-se embeber por aquelas conversas que o faziam pensar tanto.

Mas Quincas voltava sempre a Versalhes. Afinal, lá estava o grande palco da política efervescente do momento. E lá se multiplicavam as visitas a Zizinha.

Numa dessas visitas, tentara animar a moça a tirar partido das circunstâncias, aproveitar a companhia dele e viajar também para outras cidades e pelos castelos. Ela não se deixava convencer.

Engraçado ver como sabia ser decidida e obstinada. Não era fácil fazê-la mudar de ideia. Resolvera ficar um tempo ali mesmo, descansar um pouco, saborear com uma certa calma sua instalação em terras francesas. Como se fizesse questão de se impor um ritmo um tanto lento, de fruição vagarosa. Ele, pelo contrário, se sentia inquieto e não conseguia parar sossegado muito tempo no mesmo local: estava ansioso por ver logo todos os lugares com que tanto sonhara. Era tanta coisa... Não podia ficar estacionado, como se pretendesse criar raízes. Combinaram, então, chegar a um meio-termo. Ela se deixaria estar em casa por algumas semanas. Ele partiria em viagem. Mas voltaria no fim de dezembro. Os dois se encontrariam em Paris e festejariam juntos o Ano-Novo.

Seria bom.

Até lá, ele teria chance de fazer novos contatos, encontrar novas pessoas, aproveitar um pouco seus últimos tempos de solteiro, ainda mais em terra estrangeira. De qualquer modo, por mais que o pai conseguisse organizar toda a documentação do casamento e despachá-la com urgência, não seria possível que os papéis chegassem de volta antes de janeiro. O mais provável seria que só estivessem em suas mãos no fim desse mês ou em fevereiro. Depois, sim. Dariam entrada na documentação junto às autoridades civis francesas. Seria a realização de um sonho. Teriam a vida inteira pela frente, juntos e inseparáveis.

Zizinha, também, teria assim uma chance de aproveitar a ausência dele para algo importante: tentar amansar um pouco a oposição de Chica. Com a presença constante de Quincas ao lado delas, as implicâncias da irmã não davam trégua. Talvez, se as circunstâncias o tirassem de sua vista, algum bem daí viesse. Quem sabe se assim a mais velha não conseguiria perceber algumas das tantas qualidades do rapaz? Ou, pelo menos, poderia passar a não insistir tanto nessa antipatia que vinha desenvolvendo de forma crescente e que às vezes quase fazia Zizinha perder a paciência.

8
Rio de Janeiro, dezembro de 1873

Semanas antes, ao ler a carta de Quincas, o senador Nabuco de Araújo exultara. Desejava muito receber boas notícias daquela temporada europeia que, apesar de tão almejada pelo filho, deixara a família em estado de preocupação. Aquele grande tour pelo Velho Mundo lhes custara bastante e os obrigara a algum sacrifício financeiro. Seria totalmente compensado? Valeria mesmo a pena como investimento na educação do rapaz? Até que ponto o jovem seria capaz de aproveitar a oportunidade para realmente se aperfeiçoar e solidificar sua formação no contato com os grandes centros culturais do mundo?

Ainda que nem sempre ousassem manifestar seus receios, os pais e familiares não conseguiam deixar de temer uma sombra sobre esse projeto: que a frivolidade dos lugares da moda acentuasse traços do dândi ou viesse porventura a estimular o gosto por um comportamento vaidoso e deslumbrado que, por vezes, Quincas mostrava nos círculos aristocráticos. Em demasia. Uma conduta que não apenas tendia a ser superficial, mas se arriscava perigosamente a ultrapassar, e muito, as fronteiras do orçamento limitado em que eram obrigados a viver. Que a viagem à Europa fosse uma experiência civilizatória, sim, era desejável. Mas o temor recôndito do velho senador era de que ela se constituísse também num torvelinho de eventos sociais e num sugadouro de fundos e energia que seriam melhor despendidos em outras frentes. Daí sua constante apreensão íntima com aquele périplo europeu.

No entanto, a carta do filho o tranquilizara. Mais que isso: trouxera-lhe grande alegria, com o anúncio dos projetos matrimoniais. Que notícia excelente! A resposta às preces de todos. Era disso que Quincas precisava: criar juízo, assentar na vida, constituir família. Assim que acabou de ler a carta, o senador Nabuco de Araújo apressou-se a compartilhar a boa-nova com a esposa: Quincas decidira casar-se. Ao lhe revelar quem era a noiva, tratou de enfatizar o quanto era rica, bem-posta na vida, muito bem relacionada.

— Graças a Deus! — festejou a mulher.

Em seguida, quis mais detalhes:

— Mas já foi feito o pedido? A quem? Ao tio dela? E o barão de Vassouras concordou? Já deu seu consentimento?

Preocupava-se com uma eventual negativa que os humilharia, principalmente por já ter ouvido comentários sobre o desafio petulante da moça aos patriarcas de sua família, a se somar a ecos de críticas anteriores do próprio pai dela às posições políticas do senador. Tinha certeza de que a notícia do noivado não seria bem recebida pela parentela da sinhazinha. E receava que essa rejeição se manifestasse de forma pública e inconveniente, criando um certo constrangimento social para eles.

— Foi feito a ela mesma, que concordou. Afinal, como se sabe, é uma mulher emancipada. Não precisa do consentimento de ninguém para decidir sua vida. Ela própria pode dar sua mão.

— Mas o que diz a família dela?

— Não sei. Julgo que ainda não o sabem. E não será por nós que saberão. Aliás, esse é outro ponto importante da carta dele. Quincas nos pede que sejamos cuidadosos e discretos. Recomenda muito que não falemos sobre isso com ninguém.

Não chegavam a ser palavras tranquilizadoras. Dona Ana Benigna insistia:

— E a festa de casamento? Os convidados?

— Não haverá nenhuma grande festa no momento. Casar-se-ão em Paris mesmo, numa cerimônia singela, apenas para os mais íntimos.

— Longe de nós?

— Quando voltarem ao Brasil, já casados, festejaremos.

— Ficamos então de fora de tudo? Como se fôssemos estranhos? — A esposa do senador saltava de preocupação em preocupação, por mais que a notícia das bodas lhe agradasse.

— De modo algum, mulher. Somos parte importante de tudo. Precisam de nós para que a cerimônia se realize. A carta é justamente para me pedir que providencie todos os documentos necessários para esse projeto tão abençoado. Hoje mesmo vou começar a cuidar disso.

Um verdadeiro presente de Natal. Um casamento que dava ao filho estabilidade social e iria lhe assegurar respeito e admiração. Uma noiva que trazia um dote considerável e era muito bem relacionada. Além do mais, inteligente, culta, preparada, de excelente família. E bonita, elegante, com todas as condições para ser uma perfeita anfitriã. Seria a esposa ideal de um futuro tribuno promissor, com uma grande carreira de homem público à sua frente.

Entusiasmado, o senador quase saltitava de alegria ao sair para tomar as primeiras medidas para a boa execução da tarefa que o filho lhe confiara. Tinha gana de cantarolar, mas limitava-se a cumprimentar os conhecidos com ar muito sorridente. Que novidade, essa! Além de uma bela surpresa, e de lhe tirar da mente uma preocupação constante, esse matrimônio do filho seria o coroamento de uma formação dificultosa, em que o menino vivera até os oito anos longe da família, na roça, criado pela madrinha no interior de outra província. Para muitos, poderia parecer um sinal de abandono afetivo. Mas só Deus sabia quanto custara essa dura tentativa de contornar os obstáculos financeiros que se erguiam diante de uma prole numerosa, para um pai de família que lutava contra a falta de recursos para mantê-la no alto padrão que desejava.

Assim, a 24 de dezembro, véspera de Natal, uma carta do senador foi postada no correio a fim de cruzar o Atlântico. Dava conta das primeiras providências tomadas, no cumprimento da missão que lhe fora designada. A burocracia demorava. Mas todos os documentos necessários já estavam encaminhados e seguiriam em breve.

Em Paris, enquanto esperavam que o processo se cumprisse, os noivos assistiam juntos à Missa do Galo, trocavam repetidas juras de amor. O ano-novo traria uma vida nova para todos.

Não trouxe. Pouco antes do réveillon, chegaram aos ouvidos de Zizinha alguns comentários sobre flertes de Quincas. Ela começava a desconfiar — ou a perceber — que distribuir galanteios a torto e a direito fazia parte de sua natureza. Um hábito a que ele se dedicava sem medir as consequências. De tal forma que nem ocorria a ele que agora era um homem comprometido, devia ter outro comportamento. Isso a magoava e a fazia entrever um lado menos róseo no noivo. Será que as más línguas tinham razão? Pelo que estava descobrindo, ele não passava de um irresponsável. Leviano. Bem que Chica a avisara tantas vezes.

Por outro lado, também não faltava no círculo de amizades quem lhe garantisse que ela deveria relevar esses mexericos. Mulheres mais experientes sopravam-lhe ao ouvido conselhos de conformismo:

— Não é um defeito dele. Homem é assim mesmo, minha querida. São todos iguais. Uns olhares atrevidos, umas palavras melosas, nada disso tem a menor importância. Não significam nada. O importante é o que o liga a ti. É a ti que ele vai desposar, e isso é para a vida toda. Precisas aprender a passar por cima desses pequenos deslizes.

E o argumento final:

— Afinal de contas, já estás com vinte e três anos e ainda solteira. O que conta é que ele deseja casar, vai te trazer segurança, estabilidade, filhos, uma família.

Além do mais, para complicar um pouco mais a situação delicada, lá do outro lado do grande mar, o futuro sogro não conseguira guardar o sigilo total, como lhe fora pedido. No seu entusiasmo com o casamento, acabara por deixar escapar alguma insinuação a alguém de confiança. O próprio Quincas não se mantivera tão discreto como recomendara à família. Empolgado com a novidade, escrevera sobre o noivado a alguns dos amigos mais chegados. Num círculo social tão reduzido como era o da corte imperial brasileira, não faltaria quem fosse correndo contar aos tios de Zizinha.

Foi o que ocorreu. Como era de se esperar, foi um terremoto. Em consequência, multiplicaram-se as pressões sobre as irmãs, ainda que de longe. A mais moça podia até tentar ignorá-las e resistir. Para Francisca, porém, tratava-se cada vez mais da comprovação de que ela tinha toda a razão em seu zelo preocupado. Aquele noivo não prestava. Chica não entendia por que Zizinha cismara com ele daquela forma, tão teimosa, tão alheia ao que as evidências indicavam a olhos menos cegos. Antes mesmo de contraírem matrimônio e de ele ter certeza de que a mulher estaria presa a ele para sempre, sem porta de saída, o dom-juan já estava a demonstrar que não podia viver sem arrastar a asa para um rabo de saia. Como irmã mais velha e cuidadosa, a essa altura, só lhe restava insistir, tentar alertar Zizinha e repetir o dia inteiro a seus ouvidos:

— Eu não disse?

9
Paris, janeiro de 1874

Ela

Eu não quero dar a Chica o gostinho de reconhecer que ela tinha razão. Mas não posso perdoar Quincas. É uma falta de respeito comigo. Se faz isso agora, quando mal acabamos de ficar noivos e estávamos vivendo dias de encantamento e felicidade, o que não será capaz de aprontar no futuro, quando já tiver certeza de que estou amarrada a ele e nunca mais poderei cortar esses laços?

Ele reclama que criei uma tempestade em copo d'água. Afirma que transformei um pequeno arrufo de namorados num deus nos acuda, exagerei, me mostrei fria e chorosa com ele, que não havia feito nada. Quem o ouve seria capaz de acreditar que se trata de um coitado, injustiçado, tão inocente.

Ao menos num ponto ele tem razão. Fui mesmo gélida e cortante. Ah, isso fui... Nem conseguiria ser diferente. Não é do meu feitio. Bem que fiz um esforço para conter as lágrimas em sua presença, ainda que sem lograr me dominar. Acabei fazendo uma cena daquelas. Mas, afinal, o que pretendia ele? Acha que tenho sangue de barata? Que sou mulher de engolir calada e dizer amém a tudo? Supõe que pode dar a outras mulheres os olhares que jurou serem exclusivamente meus? Distribuir a qualquer beldade os sorrisos insinuantes que deviam guardar uma cumplicidade apenas comigo? E ainda imagina que eu vou me conformar, achando que homem é assim mesmo?

Pois está muito enganado com a noiva que escolheu. Pode ser que esteja acostumado a mulheres dóceis e conformadas.

Não sou uma dessas, porém. Será que não percebe a diferença? Pois trate de ver, estou lhe mostrando.

    Eu não preciso engolir esse comportamento. Não sou como as outras, obrigadas a trocar as rédeas do pai pelo cabresto do marido. Não preciso me submeter a isso. Posso ter escolhas. Sou dona do meu nariz.

    É claro que o amo e não me esqueci do afeto que sinto. Eu não estava mentindo, quando refutei sua acusação de esquecer o sentimento que nos une. Quem esquece é ele.

    Lembro tudo, nos detalhes mais miúdos. Como poderia esquecer tamanha felicidade como a que vivi a seu lado nos últimos meses? Tenho tudo vivo na memória. Cada troca de olhares, cada encontro, cada sorriso, cada toque, cada carícia de sua voz, cada valsa bailada. Justamente porque recordo, não posso relevar. Enlouqueço só de imaginar que Quincas possa ter distribuído a outras aquele suave toque de seu bigode a queimar-me a palma da mão na despedida, mesmo por cima da luva, ou o suave roçar de seus lábios a me chegar à pele do pulso por entre os botões entreabertos. Fico furiosa só de pensar que possa ter bafejado outros pescoços e nucas aquele cálido arfar de sua respiração, ao sussurrar belas palavras ao meu ouvido, enquanto assistimos juntos à peça que se desenrola no palco. E as valsas, então? Ah, as valsas estonteantes, em que giramos a deslizar... Como pode ter se atrevido a enlaçar cinturas alheias da forma firme e protetora com que enlaça a minha num baile?

    Não tem perdão. Não preciso relevar. Não passo por cima de coisa alguma. Não dependo dele. Minha liberdade é protegida pela herança de meu pai — e mais a da minha avó, agora. E pelo preparo e exemplo que me deram. Não sou forçada a aturar que me desrespeitem, como tantas coitadas, por não ter onde cair morta. Tenho como me manter de pé e viva.

    E não me venha com desculpas de que estou a dar ouvidos a maledicências, ou que se trata apenas de rumores mal-intencionados, de invejosos de nossa felicidade. Como se atreve a vir me gaguejar garantias de que as aparências não correspondem aos fatos? Não acredito numa palavra do que diz nessa hora. O que equivale a dizer que não acredito mais nele totalmente. A confiança se trincou. E isso é algo que não tem conserto, tenho certeza.

Nunca foi tranquila a minha decisão de casar com ele. Aceitei seu pedido porque sei que o amo e me apraz muito a ideia de passar o resto da vida a seu lado. Esse aspecto é algo que não posso negar. Não sou mulher de mentir, ainda mais para mim mesma e em algo tão importante. Mas sei perfeitamente que a dor da orfandade também me trouxe uma oportunidade muito rara, que é concedida a poucas mulheres. Tenho perfeita consciência desse fato.

Um casamento para mim não precisará ser fundado na obediência e na submissão. Posso ainda não saber exatamente como me comportaria como esposa. Mas não tenho qualquer dúvida sobre como não desejo me comportar. Não preciso ser igual a todas as mulheres traídas que conheço, sempre a fechar os olhos para o que não podem mudar, a fingir ignorar como são desrespeitadas. Ou a aceitar mentiras, como se nelas acreditassem. Se, pelo menos, ele não me mentisse, mas tivesse a hombridade de admitir que errou, talvez então eu pudesse crer em suas palavras quando garante ter o firme propósito de não mais se deixar levar por essas tentações...

Vou ter de buscar outros exemplos ou criar meus próprios modelos. Ninguém me deixou um mapa pronto, a definir esse novo território em que decidi me aventurar, ou me apontar caminhos a seguir, já trilhados e sinalizados. Não que eu saiba, pelo menos. No entanto, estou disposta a arriscar. Posso não ser a primeira pessoa do meu sexo nessa procura. Seguramente deve haver precursoras e companheiras da mesma sorte, ainda que não falemos disso umas com as outras e não troquemos ideias e experiências que possam servir de bússola. Mas quero estar entre as primeiras. Faço questão. Não posso deixar de fazê-lo. Ou, pelo menos, tentar. Para isso, tenho condições de autonomia que a poucas mulheres foram dadas.

Agora ele me procura de novo. Não aceitou como definitivo o nosso rompimento no Ano-Novo, por mais que eu *tenha tentado ser firme e reiterado que não haveria reconciliação possível. Mas reconheço que não controlo meu coração por inteiro e tenho dificuldade em continuar negando qualquer reaproximação. E a insistência dele acaba por me amolecer e me dobrar um pouco.*

Talvez tenha sido apenas a força do hábito que o fez agir da forma leviana com que se comportou. Pode ser que, assustado com minha reação, e diante da iminência de me perder, esteja sendo sincero quando diz que jamais se repetirá qualquer episódio desse tipo — ainda que jure inocência e atribua o que me disseram apenas a rumores malévolos.

Já no dia seguinte, levando-me a passear de carro no Bois de Boulogne, quando saltamos para caminhar um pouco ele soube se fazer de arrependido e me enterneceu, logrando tocar-me no fundo do peito. Aproveitou que o vento trouxera uma pequenina folha seca que se prendeu no véu de meu chapéu, e veio com uma desculpa poética. Em palavras doces, sussurradas naquela voz que me desarma. Disse que ele também era por vezes lançado de um lado a outro pela força da natureza, indefeso, de forma idêntica àquela folha débil e leve, sem ter como se opor. Mas garantiu que esses eventuais volteios ao sabor do vento não têm qualquer importância ou significado em sua vida. Repetiu que, sempre, toda a sua vontade o trará para meu lado. Jurou só ter olhos para mim.

Pelo menos, nesse momento deu um passo para reconhecer que errara. Assegurou que seu comportamento inconstante não passara de um acidente, algo automático que fizera sem pensar, causado pelo mau hábito de rapaz solteiro. E ao ajudar a desprender a folhinha seca, o toque suave de sua mão roçou-me a face com tanta doçura que estremeci. Vendo isso, beijou-me ali mesmo, diante do cocheiro e de todos os passantes, a dizer que, pela vida afora, queria cobrir-me de tantos beijos quantas fossem as folhas de outono que caem de todas as árvores de todas as florestas francesas. Até ficarmos bem velhinhos, um ao lado do outro. Tive de fazer um esforço enorme para não perdoá-lo no mesmo minuto, de coração derretido.

Acabei por concordar que viesse jantar aqui em casa naquela noite. E aos poucos fomos retomando algo do que havia antes, embora eu não tivesse cedido a sua pressão para o reatamento do noivado de imediato, já que me recuso a aceitar que algo tão grave como esse profundo desencontro possa ser classificado como um mero arrufo passageiro. Reconheço, porém, que me tem sido muito difícil resistir a seus encantos, tão sedutor ele sabe ser. Precisei recorrer a todo o meu controle pessoal e força de vontade. Ser teimosa, como ele diz.

Uma semana depois, ele já estava aqui de novo, a insistir para que eu reconsiderasse, esquecesse o que continua a chamar de meu "destempero". Como se o rompimento se devesse a um impulso descontrolado meu, e não a um erro dele. Assim fica difícil relevar. Porque ao erro dele se somam então uma ofensa e um atrevimento: ainda por cima me lança a culpa de nossa separação, como se fosse ele o inocente. E eu não passasse de uma moça mimada, destemperada, sem controle dos nervos, dada a rompantes e capaz de perder as estribeiras por algo que não houve.

Mas houve.

Só que também há o sentimento que a ele me liga. Eu sei e não nego. Faz-me muita falta sua companhia, agora que me habituei a ela. Não posso crer que Quincas seja inocente como afirma, por mais que o afirme com doçura, mas acredito que ficou assustado com minha reação, coisa que jamais esperava. Pode ser que tenha aprendido algo com ela e perceba que não estou disposta a aceitar esse tipo de comportamento a que está acostumado. Mal-acostumado, aliás. Quem sabe se, da mesma forma que me revelou algo mais de quem ele é, o episódio não lhe terá igualmente aberto os olhos para meu feitio de ser? Esse maior conhecimento mútuo só poderá nos fazer bem.

Tampouco desejo fincar pé na intransigência. Acabei cedendo a suas insistentes súplicas para lhe dar nova oportunidade de nos entendermos. No fundo, é tudo o que eu quero: que nos entendamos de uma vez por todas, sem mais desencontros. Assim, após essa visita em que culminava o rosário de flores, bilhetes e palavras doces dos últimos dias, terminei por abrandar um pouco.

Aceitei suas flores e suas palavras. Recebi-o para almoçar no dia seguinte. E para jantar no outro. Carinhoso, apaixonado, reiterou os pedidos de perdão. Multiplicou as explicações que não chegam a explicar coisa alguma e apenas insistem em sua inocência. Muito bem, ainda que não creia nelas totalmente, dispus-me a ouvi-lo sem ter o que ele chama de reações desmedidas.

Ele acha que fui exagerada nas cenas de ciúmes que fiz no fim do ano e, novamente, a primeiro de janeiro. Argumenta, desculpa-se. Insiste com tanto encanto que me custa manter-me irredutível. É difícil resistir-lhe, visto que o amo tanto. É impossível que não saiba disso. Tenho-lhe dado provas sucessivas, aos olhos de todos, até mesmo descuidando de certos cuidados que deveria ter com minha reputação. No entanto, ele não pode, a partir dessa certeza, passar a me humilhar, diante de pessoas que me conhecem, expondo-me a rumores como os que me chegaram. Tal conduta não é digna do amor que afirma ter por mim. Deixei-lhe bem claro que penso dessa maneira.

Afirma que os fatos foram distorcidos, exagerados. Diz que são versões fantasiosas e as atribui à maledicência alheia, à inveja de nossa ventura, à força da oposição de minha família, tanto por meio de Chiquinha, sempre contra nós, quanto pelo alcance de um efeito longínquo do poder e da influência dos meus tios distantes. Reconheço que pode haver um pouco disso, sim. Mas apenas um pouco. Não muda muito o ocorrido.

O fato é que, em todo esse episódio, o que se revela para mim talvez seja uma certa inconstância de sua parte. Se ele quer mesmo o casamento, como afirma e reafirma, precisa estar seguro de sua conduta e se lembrar de que passa então a ser um homem comprometido, que deu sua palavra. Deve comportar-se com dignidade. Afinal de contas, eu não tenho tanta certeza de que quero estar casada. Nunca tive. Não fui eu quem pediu sua mão nem teve a ideia de celebrar as bodas.

Nem ao menos estava preocupada em conduzir a situação nesse sentido.

Por outro lado, não posso negar quanto meu coração se sente bem a seu lado. Mais que meu coração. Eu inteira, corpo e alma. Como nunca me senti com mais ninguém. Esse sentimento é real e forte, não há como eu possa mentir para mim mesma e pretender ignorá-lo.

Tampouco posso ignorar que ele parece sinceramente arrependido. Fez-me um poema. Cobriu-me de mimos e flores. Ao final de três dias seguidos de lágrimas e assédios, carinho e juras de amor, termino por ceder completamente, ainda que fiquem ecos do acontecido, lá no fundo de mim mesma. Talvez desde o início eu soubesse que seria assim.

Não nos reconciliamos por completo, mas nos entendemos razoavelmente, o bastante para darmos a nós mesmos uma nova oportunidade. Por isso, concordei em mantermos uma correspondência enquanto ele estiver distante agora, nessa viagem que iniciará estes dias pelo sul da França e pela Itália. E como eu já pretendia mesmo ir a Roma depois, com Chica, combinamos de nos encontrar lá em breve. Não mudei meus planos para forçar esse encontro, apenas aproveito a coincidência de, dentro de pouco tempo, estarmos mais uma vez a cruzar nossos destinos.

Então veremos como as coisas evoluem. Porém não estou mais tão segura de que poderemos ter à nossa frente um caminho venturoso.

O tempo dirá.

10
Lago de Como, abril de 1874

Tempos de idílio. Depois de fazer sua sonhada viagem pelo sul da França e pelo litoral italiano, Quincas passou uma pequena temporada em Nápoles antes de se encontrar com Zizinha e a irmã em Roma. Saudades de parte a parte, apenas um pouco mitigadas pela troca de cartas e a perspectiva do reencontro em breve. Na correspondência recebida pelo rapaz, também uma carta do senador exortava o filho a ter juízo, e apresentava uma fieira de ponderações. Confessava que, de início, se preocupara com o temperamento da moça, ao ler o relato que Quincas lhe escrevera, já que este contava como a noiva fizera uma terrível cena de ciúmes no Ano-Novo, revelando-se fria, chorosa e descontrolada dos nervos, rompendo o noivado tão às vésperas do casamento.

Mas depois, lembrando as provas de amor que haviam sido dadas aos olhos de todos, no limite do que seria possível externar, o pai mostrou que conhecia bem o filho e passou a analisar a situação com realismo, matizando a primeira reação imediata e aliviando o primeiro juízo que fizera sobre a noiva:

"Não te queres sujeitar às condições de noivo, não tomas a sério o compromisso que tens, e pois não deves estranhar que tuas aparências ou infidelidades aparentes convertam em ódio ou ficção o amor que geraste. As aparências neste mundo valem muito porque são elas que incorrem nos sentidos e nas apreciações ou conjeturas. Que noivo é esse, tão livre e isento de seu compromisso?"

Consciente de seu papel de pai, tratou de aconselhar, de forma direta:

"Meu filho, olha a realidade das coisas e segura-te a ti mesmo neste mundo de inconstâncias e vaidades."

Além do mais, depois de várias considerações, o senador levantava outro aspecto, ao revelar que os comentários sobre o noivado e o casamento escapavam aos limites domésticos. Não conseguiu deixar de sublinhar a repercussão pública do compromisso:

"Se não casares, que papel fazemos aqui? Quando todo mundo sabe que o casamento está ajustado; quando a algumas pessoas tenho participado, sendo a isso forçado porque não podia negá-lo aos que me inquiriam e sabiam que eu tinha impetrado os documentos para o casamento."

Como a correspondência levava sempre um bom tempo para cruzar o oceano de navio, pelo menos Quincas teve o consolo de poder respirar aliviado ao receber a carta paterna. A essa altura, já havia superado o que considerava uma rusga passageira, e estava recomposto com Zizinha. Não decepcionaria a família. Estava em excelentes termos com a amada.

Bem integrados à primavera italiana, tinham se reconciliado lindamente, como se o deles fosse um namoro antigo e sereno. Viveram dias deliciosos em Roma, passeando juntos pelas alamedas da Villa Borghese, por entre os canteiros floridos dos jardins da Villa Albani, ou junto às singelas margaridinhas brancas e amarelas que salpicavam a relva ou recobriam pedaços de mármore, pelo meio das ruínas da antiguidade.

Desfilaram em charrete pelas vias e praças da cidade, capota arriada para aproveitar o bom tempo, entre igrejas e palácios renascentistas e barrocos. Andaram horas a pé. Admiraram as pinturas de Michelangelo, Leonardo, Rafael. Extasiaram-se com aqueles dois mil anos de história recontados no mármore de esculturas e monumentos.

Rezaram juntos em capelas pequeninas e igrejas suntuosas. Caminharam por entre estátuas de tritões e sereias, ninfas e cupidos. Na Piazza della Rotonda, sob as bênçãos cristãs da Virgem Maria em seu altar na igreja, com certeza devem também ter recebido no Panteon a reverberação dos olhares benfazejos de todos os deuses da antiguidade greco-romana ali cultuados durante séculos, antes que o espaço se convertesse num templo cristão. Em especial, para que tivessem juízo, seriam bem-vindos os eflúvios da deusa da sabedoria, Palas Atena, que, sob o nome romano de Minerva, tivera seu santuário bem ali atrás, onde agora uma escultura de Bernini reproduzia um elefantinho africano e fazia o papel de pedestal para um obelisco egípcio que dominava a pracinha, com seus ecos de Ísis e Osíris.

Era natural se deixar abençoar por esse Olimpo ampliado. O casal vinha de um país acostumado a somar deuses em inesperados diálogos e, certamente, também alguns orixás volta e meia estavam de olho neles — ainda que longe de seu ambiente costumeiro onde se moviam à vontade, com ar de donos. As proteções guerreiras de Ogum ou Iansã, sempre atentas. A presença benfazeja de Oxum em cada murmúrio suave da água clara correndo nas fontes e chafarizes renascentistas. A calma segurança de Oxossi, caçador e protetor da mata, a se insinuar por entre os pinheiros dos bosques perfumados, território tão seu quanto de Diana, deusa da caça.

Por vários dias amenos, Quincas e Zizinha se permitiram viver o sentimento que constatavam ser um amor inevitável. Apreciavam a companhia um do outro, como se tivessem sido feitos para isso, desde sempre. Em toda parte o namoro era saudado pelo canto dos passarinhos que reapareciam após o frio do inverno, e se impregnava do delicado aroma das glicínias que, nesse início de primavera, começavam a cobrir fachadas e caramanchões com seus cachos azuis em torno aos quais zumbiam as abelhas.

Foi com muita pena, e já sofrendo de saudades antecipadas, que os dois se despediram para que Quincas seguisse viagem, continuando seu périplo italiano, tão sonhado.

A separação não durou muito. Poucos dias depois, de Pisa, ele não resistiu às saudades causadas pelo breve afastamento e mandou um telegrama para Zizinha. Com uma palavra, imperativa:

"Venha."

Ela não hesitou: foi.

Mas não podia ir desacompanhada. É claro que foi com Francisca ao lado — a contragosto, evidentemente. Rezingando sem parar e de cara feia.

Dessa vez, Zizinha nem quis saber de oposições. Estava resolvida e pronto. Ou a irmã viajaria com ela, ou ficaria para trás e seria deixada sozinha em Roma. Chica percebeu o tom decisivo do ultimato, compreendeu que não havia outro jeito e a acompanhou. Logo as duas estavam em Pisa, com Quincas.

De lá os três seguiram para Veneza: onde se poderia achar cidade mais romântica?

Parecia que todos os desentendimentos tinham ficado para trás. Entre jantares elegantes, concertos e passeios de gôndola, Quincas lia para a amada os versos que andava produzindo em quantidade, com arrebatamento febril. Durante o dia, visitavam palácios e museus, descobriam a majestade da pintura de Ticiano, Tintoretto e outros mestres. Impressionaram-se com as telas de Veronese. Encantaram-se com as pontes, os canais. Deslumbraram-se com os mosaicos, o piso das igrejas, o teto dos suntuosos salões dos palácios, o rendilhado dos lavores em pedra, e toda a opulência bizantina da basílica de São Marcos.

Ao final de cada dia, tinham momentos de repouso. Mesmo um pequeno arrufo podia ser facilmente superado, ao servir de pretexto para que fizessem as pazes num romântico passeio de gôndola, entre versos e música. O luar, os fogos de artifício de uma cidade sempre em festa, a arquitetura deslumbrante a deslizar ao lado da embarcação enquanto as luzes se refletiam nas águas trêmulas dos canais, tudo se somava ao ar fresco da noite a exigir aconchego e intimidade. Uma calma seleníssima, como Veneza pedia e aconselhava. Tudo compunha um cenário perfeito. De sonho. Se era sonho, por que não ampliar aquele presente idílico e sonhar com o futuro? Estavam tão felizes.

De imediato, poderiam seguir juntos na viagem comprida e variada que Quincas desejava prolongar. Queria passar um mês na Suíça, às margens do lago Léman.

Zizinha afirmava que, de sua parte, não podia. Necessitava regressar a Paris, aonde o senso de responsabilidade a chamava. Tinha negócios para administrar, lá e no Brasil. Precisava se ocupar deles. Cuidar de uma correspondência que, na certa, se mantinha à espera de resposta em pilhas crescentes. Dar instruções a seus procuradores e representantes. Não podia se ausentar por tanto tempo, cortada de tudo, como se vivesse em férias permanentes.

A negativa incomodou Quincas um pouco. Como explicar essa falta de entusiasmo numa mulher apaixonada? Pouca paixão, teimosia ou muito espírito crítico? Será que ela insinuava que ele era um irresponsável? Um sujeito mimado que só pensava no próprio prazer? Afinal, era o que a irmã dela julgava e não escondia de ninguém. Fazendo questão de deixar clara sua opinião, a própria Francisca já lhe dera algumas boas alfinetadas nesse sentido. Várias vezes. Será que os comentários malévolos da futura cunhada estavam tendo algum efeito no espírito da noiva?

Aliás, falar em noivado não seria exato nas circunstâncias. Um namoro, sim. Um idílio, sem dúvida. Mas ao se reconciliar, não tinham tornado a falar em casamento de modo objetivo, como um plano definido. Talvez fosse hora de voltar ao assunto, tentar definir um pouco mais os projetos futuros. Era importante saber exatamente em que terreno pisavam.

A primeira tentativa, num dos primeiros dias em Veneza, não fora muito feliz. A reação de Zizinha não foi entusiasmada, como ele esperava que fosse. Qualquer um esperaria, aliás. Afinal, não sabem todos que toda mulher almeja casar? Que mais poderia pretender da vida?

A moça, entretanto, surpreendia Quincas. Demonstrava alimentar algumas dúvidas incompreensíveis. Não sobre o amor que os unia, mas sobre planos concretos e questões práticas relativas ao matrimônio e à vida futura. Surpreendentemente, ela insistia em afirmar que não queria morar no Brasil após o casamento. Como se Quincas pudesse conceber sua vida de forma permanente em outro lugar. Nessa temporada europeia, o rapaz confirmava sua intuição: estava percebendo que o mundo o atraía, sim, o chamava com força para seu torvelinho, tinha muito a lhe oferecer. Poderia morar no estrangeiro, isso não seria problema. Mas seu projeto de vida estava no Brasil, embora ainda não soubesse exatamente em quê. E a hesitação de Zizinha em acompanhá-lo dava pretexto a que crescessem também algumas dúvidas no espírito dele.

Sobretudo no capítulo das outras companhias femininas que porventura cruzassem o caminho dele. A noiva dava mostras de ser ciumenta demais. Pelo jeito, queria trazê-lo no cabresto curto, como se dizia no mundo rural onde passara a infância. Assim não seria possível. Que esposa seria essa?

Por mais que a amasse, Quincas não estava disposto a abrir mão de sua liberdade. Ainda havia poucos dias mesmo, em Roma, apesar de todo o encantamento do namoro reatado, ele tivera de fazer malabarismos ocultos para se desdobrar entre Zizinha e a condessa polonesa Wanda Moszczenka, um consolo encantador que conhecera em sua primeira passagem pela cidade, a caminho de Nápoles, e agora no regresso fizera questão de manter. Tinha ido vê-la quase todos os dias, por vezes após jantar com Zizinha e se despedirem no hotel. Por que não? Passava horas muito agradáveis em companhia da aristocrata polonesa. Não pretendia permitir que o aprisionassem, como a futura esposa insistia em pretender. Fazia parte do jogo não deixar para trás uma cumplicidade tão atraente quanto a da condessa. Ainda mais com o tempero extra de uma certa clandestinidade. Um homem como ele seria incapaz de abandonar uma dama com essa ligeireza.

Naturalmente, tomara todo o cuidado para que tal fato não chegasse aos ouvidos da noiva. Sabia de dezenas, centenas de homens casados que assim se comportavam. Por que não poderia ser mais um entre eles? Zizinha era demasiado rígida nesse assunto. Bastaria fingir que não tomava conhecimento de nada e, assim, os dois nunca se aborreceriam. Ela também tinha outros pretendentes, e ele sabia. Em qualquer ambiente onde entrasse, logo se fazia um instante de silêncio e todos os olhares masculinos convergiam em sua direção. Em pouco tempo, formava-se um enxame de ternos, fraques, uniformes de gala ou casacas zumbindo à sua volta. Mas Quincas demonstrava confiar nela e não partia logo para criar um caso. Afinal, tinha certeza de que todo esse assédio não passava de uma coreografia vã, a encobrir pretensões vazias, pois a moça não lhes dava trela. O certo é que ele a poupava de cenas desagradáveis: não ficava a toda hora pronto a fazer um escarcéu por causa de eventuais marmanjos tentando gravitar em torno. Sabia que não havia qualquer perigo.

Ela, porém, era inflexível com o noivo. Não deixava passar o menor fiapo de olhar insinuante, sorriso malicioso ou murmúrio ao pé do ouvido. Difícil de lidar.

De qualquer modo, esse ligeiro arrufo veneziano logo foi superado. Mais uma vez, revelara-se apenas um leve desentendimento que não foi adiante. Não faltariam oportunidades mais propícias para voltarem a conversar sobre os planos futuros.

Lembrou-se dos conselhos que o pai lhe dera em uma carta recente. Talvez ela tivesse sonhado tanto com uma longa temporada europeia que agora precisasse de um tempo para se acostumar com a ideia de mudar seus planos de vida e regressar ao Brasil. Talvez Quincas pudesse manifestar a pretensão de retornar sozinho a seu país, sem ela, e lhe deixar a oportunidade de se sentir livre para mudar de ideia e acompanhá-lo — o que, certamente, a moça faria, posto que o amava. Pelo menos, era a opinião ditada pela sabedoria de vida do velho político. E depois? Bem, como afirmava o senador:

— O casamento há de modificar profundamente o gênio dessa menina: não te devias levar pelo que ela hoje diz antes de casada. Enfim, o que está feito está feito. Mas erraste.

Sem resolver essa questão de uma vez por todas, mas com vontade de continuar gozando dos belos dias de primavera em companhia um do outro, os dois terminaram por decidir seguir juntos para Milão, os Alpes e o lago de Como. Sempre com Francisca ao lado, evidente.

Mas nessa viagem conseguiram ficar sozinhos na cabine do trem. Quincas exultou. Nessas condições, mais uma vez Zizinha foi adorável, doce, meiga. Como ele sabia que ela podia ser, de verdade. Comportava-se de outra forma sem a presença implicante da irmã.

Em meio aos campos verdes e à paisagem alpina, com suas montanhas cobertas de neve e cortadas de túneis, aproveitaram deliciosamente o fato de estarem sozinhos naqueles súbitos momentos de escuridão que se faziam de repente no trem. Da mesma forma que apreciavam a paisagem ensolarada pela janela.

Ele constatava que seria até possível contemplar a perspectiva de uma vida em conjunto com ela, tranquila, a deslizar com a mesma limpidez daquele céu azul das montanhas, que viam pela vidraça, ao longo da ferrovia, naquela bela manhã de sol. E ainda se puseram de acordo sobre o futuro imediato: acertaram que, depois dessa temporada no lago de Como, passariam mais uns dias juntos na Suíça, entre Ouchy e Genebra. Quincas desejava muito conhecer as paisagens que guardavam os rastros literários de tantos escritores que apreciava, como Rousseau, Voltaire, Byron. E empregou todos os seus encantos a insistir para que ela o acompanhasse.

Por mais que Zizinha tivesse repetido que fora para a Europa de mudança, enquanto ele estava ali a passeio, a moça acabou cedendo. Talvez o velho senador tivesse mesmo razão. Quincas se convenceu de que, aos poucos, iria dobrá-la. E viu como um bom sinal o fato de que, dessa vez, ela não ficara irredutível. Depois de muita conversa, concordou. Iria com ele nessa temporada suíça.

Mais que isso. Vitória completa. Iria de anel de casamento no dedo.

11
Paris, junho de 1874

— Não adianta, tu és mesmo uma teimosa, uma turrona, como diz teu amigo Quincas. Nisso, pelo menos, ele tem razão. Não foi por falta de aviso. Cansei de tentar abrir-te os olhos, mas, como dizia nossa avó baronesa, o pior cego é aquele que não quer ver. Agora, pelo menos, estão abertos de dentro para fora, à força de tantas lágrimas que deles saltam.

Talvez para Zizinha o pior de tudo, nesse momento difícil, fosse essa ladainha de Chica em seus ouvidos. Mais uma vez, tentou deter aquela enxurrada verbal cheia de razões e certezas:

— Chega, mana, pelo amor de Deus! Deixa-me em paz. Nem que seja para me acabar em lágrimas. Até que elas se acabem mesmo, de uma vez, e eu possa atravessar tudo isto e sair do outro lado de alma lavada.

— Esse homem não merece o teu pranto, não percebes? Como podes ser tão tola? Uma pessoa como tu, tão senhora de si, a se debulhar dessa maneira. O que vão pensar os amigos?

— Ninguém me vê a chorar, Chiquinha, apenas tu e Rita. Estamos em casa, entre quatro paredes, na intimidade de meus aposentos. Ninguém sabe o que estou sentindo. Nem precisa saber. Tenho o direito de me rasgar, arrancar os cabelos, gritar minha dor e minha raiva, se eu quiser.

— Ah, e pensas que não falarão? Que não haverá logo cartas cruzando o oceano a contar a novidade e insinuar detalhes? Achas mesmo que alguém irá guardar segredo em vez de correr para espalhar a novidade, bem aumentada, em mexericos maliciosos? Não podes ser tão ingênua a ponto de creres nisso. Não és assim tão bobinha. E pensar que tudo poderia ter sido evitado. Era só teres dado ouvidos a tua irmã mais velha. Um pouquinho que fosse. Eu bem que avisei, mas não adiantou. Estavas surda. Não querias saber de nada que não fossem os olhos de Quincas, as palavras de Quincas, a sedução desse dândi almofadinha, desse conquistador barato que só pensava em...

Exasperada e quase a gritar, Zizinha cortou, de modo brusco, o que ela dizia:

— Basta, Chica! Sai daqui, vai embora! Eu quero ficar sozinha!

— Saio, se é assim que me tratas. Mas não digas depois que eu não estava a teu lado, preocupada contigo. Qualquer um veria que esse romance só podia acabar mal. Mas tu não ouvias ninguém, nem mesmo tua irmã, que só te quer bem. Achavas que sabias mais que os outros. Sempre achas. Deu nisso. Qualquer pessoa de juízo veria que só podia dar nisso. Agora ficas aí a...

Zizinha a interrompeu, tomando uma almofada de veludo que estava à mão, sobre a poltrona junto à janela, e lançando-a com força em direção à irmã. Levantando a voz, ordenou:

— Cala essa boca!

Mais teria acrescentado ao gesto violento se Rita não se apressasse a levar Francisca para longe, permitindo que Zizinha ficasse só e se jogasse sobre o leito, soluçando. Ia chorar quanto quisesse. Quanto precisasse para afastar de si aquele homem, aquele amor, aquelas lembranças recentes de dias tão perfeitos e adoráveis. Quanto fosse necessário para secar todas as lágrimas de uma vez por todas e não ter nada mais a chorar por ele. Nunca mais.

O desentendimento dessa vez fora tão nítido e conclusivo que Quincas compreendeu que não adiantava mais insistir. Ela não admitia mesmo a ideia de voltar a se estabelecer no Brasil. Mal acabava de se instalar em Paris, argumentava. Queria distância do barão de Vassouras e da família toda, das pressões e cobranças da parentela. Não estava disposta a voltar atrás.

No entanto, mesmo se ele quisesse pleitear um emprego na Europa para poderem ficar vivendo no Velho Mundo, antes precisaria ir ao Brasil para cuidar disso. E ela nem mesmo admitia a ideia de ir com ele, já casada, e se expor a um confronto belicoso com a família.

Sobretudo, como Quincas começava a perceber com clareza, o que Zizinha não admitia era que ele pretendesse lhe impor essa condição, com sua autoridade de marido, como ele deixara entrever na discussão. A moça parecia até imaginar que haveria alguma possibilidade de manter, após o casamento, aquela mesma autonomia a que estava se acostumando desde que ficara órfã. Não faltava mais nada: ele agora ter de aceitar uma esposa que se recusava a cumprir suas ordens e a cujas decisões ele teria de se submeter, tanto no âmbito doméstico quanto na administração das finanças. Ainda por cima, tendo de aturar a convivência com aquele antojo de cunhada o tempo todo, a espicaçá-la contra ele a todas as horas do dia... Francisca era insuportável.

Quanto a Zizinha, sempre pronta a se melindrar com qualquer olhar que ele eventualmente pudesse ter lançado a outra mulher, ainda que fosse apenas em sua imaginação ou nos mexericos das amigas, agora exigia que ele assumisse o compromisso de abrir mão por completo de sua liberdade. Era só o que faltava, a gota d'água.

No entanto, de sua parte, ela não se dispunha a corresponder na mesma moeda. Fazia questão de manter a independência, por completo, no que lhe interessava, sempre a fincar pé naquela ideia inconcebível de que marido não pode ter o direito inquestionável de mandar em mulher. Assim não era possível. Como se algum casamento pudesse sobreviver, um dia que fosse, sem a certeza de quem deve dar as ordens e quem deve obedecer. Melhor para ambos seria render-se à evidência dos fatos e fechar essa porta de uma vez por todas.

 Era uma pena, reconhecia. A temporada italiana tinha sido muito agradável, de puro enlevo. A tal ponto que Quincas se convencera de que, dessa vez, todos os problemas estavam superados. Certo de que agora navegavam num mar de rosas, tinha informado ao pai que tudo se ajeitara, haviam se reconciliado em definitivo, a situação ia muito bem. Por isso, pedira que o senador, mais uma vez, continuasse a tratar dos papéis para o casamento — agora faltava muito pouco.

 Na volta a Paris, o casal ainda tivera alguns dias idílicos.

 O bom tempo permitira que fizessem um belo passeio de barco no lago do Bois de Boulogne — ele remando, ela mais linda que nunca, em seu vestido rendado e claro, protegida pela sombrinha na luz do verão que chegava. A deslizar com o bote sobre as águas, parecia que reeditavam Veneza e seu clima amoroso. Foram ao Museu do Louvre, onde percorreram com avidez e enlevo suas galerias, saboreando o prazer de continuar a ver as obras de arte que vinham descobrindo juntos e tanto estavam apreciando. Prolongaram assim, por algum tempo, os deliciosos momentos que haviam vivido durante a viagem.

 Mas era chegada a hora de decisões que se impunham.

 Foi então que a situação se revelou insustentável. Todos os conflitos se exacerbaram novamente. Sem volta. Só lhe restou comunicar à família, mais uma vez:

 — Desfeito o casamento.

 O pai não teve dúvidas:

 — Deves voltar quanto antes à tua pátria e ao seio de tua família.

 Quincas obedeceu. Fez as malas e deixou Paris.

 Mas não voltou de imediato. Seguiu para Londres.

12
Londres, agosto de 1874

Ele

Fiz muito bem em vir a Londres antes de dar por encerrada esta viagem. Contribuíram muito para acalmar meu espírito dilacerado estes dias aqui, sobretudo desta forma, cercado de amizade e carinho, em tão nobre localização e com tanto conforto. Era justamente o que eu necessitava no momento e dificilmente poderia encontrar em melhores circunstâncias: recebido como filho na mansão do barão de Penedo, pai de um de meus melhores amigos. Na magnífica condição de ser ele quem nos representa como ministro na legação de nosso país, não só pôde me receber de braços abertos, sendo mentor e guia em minhas primeiras navegações por essas águas da diplomacia e da política externa, como me brindou com o convívio com a fina flor da aristocracia britânica e internacional, a cozinha magnífica de um chef inesquecível, a acolhida afável e nobre da dona da casa, capaz de conjugar a enraizada tradição hospitaleira de meu país com a experiência de quem vive há anos na corte inglesa.

Para completar, tudo isso se dá numa cidade extraordinária, culminando minha experiência europeia. Posso garantir isso, sem sombra de dúvida. Já tendo visto os tesouros artísticos italianos e vivido em meio às maravilhas estéticas de Paris, no convívio social com o gênio do espírito francês, capaz de condensar todos os melhores atributos da humanidade em suas qualidades criativas, sei bem do que estou falando quando constato que são de Londres as minhas mais fortes impressões da vida urbana.

Desde minha chegada, cruzando o sul do país na viagem da França para cá, quando o trem começou a percorrer os campos de Kent numa tarde de verão, percebi que algo me tocava de modo inesperado naquela paisagem. E no dia seguinte, ao sair do pequeno apartamento que meus amigos me tinham reservado junto a sua casa, fui fazendo uma descoberta após outra. Os imponentes palácios enfileirados. Os grandes parques que todos frequentam, abertos a todos os encontros. A multidão aristocrática a fluir elegante, no auge da temporada, a pé, a cavalo ou em carruagens abertas. Nos dias que se seguiram, fui explorando incontáveis outras áreas da cidade, aproximando-me de sua vida pulsante e variada, admirando a vitalidade de sua população, suas atitudes, seu caráter, seus costumes, seus ofícios, suas maneiras.

  Minha imaginação, sempre ávida por novidades, deu-se por vencida. Meu eterno desejo peregrino de outros lugares, satisfeito, deu lugar à sensação de que havia encontrado onde permanecer, e se transformou na vontade de ficar aqui para sempre.

  Numa encruzilhada difícil da minha vida, esta cidade me acolhe. Sem fazer perguntas, sem bisbilhotar. Propicia-me seus museus esplêndidos, a resumir séculos e séculos da criação do espírito humano. Traz-me suas bibliotecas opulentas e abertas, suas livrarias inigualáveis, a me oferecer tudo o que se possa imaginar em matéria de saber acumulado em palavra escrita. Derrama sobre mim o vigor de suas salas de espetáculos, o variado repertório de seus concertos e óperas, a qualidade virtuosística de seus músicos. Fiel à força que fez com que na Renascença ressuscitasse o grande teatro, soterrado desde gregos e romanos como o espaço por excelência para se examinar nossa humana condição, Londres traz a cada noite a escolha inigualável de um número incrível de dramas, comédias, tragédias de toda espécie — com cenários impressionantes e atores esplêndidos. Exibe-me a energia sem igual de uma metrópole cosmopolita, a elegância de suas vitrines, a sofisticação de seus alfaiates, chapeleiros e sapateiros, as tentações mundanas de *suas galerias e arcadas onde a moda é uma verdadeira arte. Fala-me de um mundo de negócios que é o coração do planeta, com seus milhões e milhões de libras esterlinas que cruzam o globo em ordens telegráficas e chegam aos pontos mais longínquos da Terra. Ostenta um sistema bancário e de comércio exterior em que todas as mercadorias de todos os continentes se compram e vendem, em que ações, títulos e apólices trocam de mão, correm riscos, constituem fortunas — aos poucos ou da noite para o dia. É nervosa, vibrante, febril de tanto que nela acontece.*

    Sem prejuízo de nada disso, Londres tem também um outro lado. Basta escolher, quando se quer. A experiência de ter essa escolha a meu dispor tem sido um consolo precioso para meu espírito, à mercê de intensos sentimentos contraditórios, por vezes atormentado por tantos acontecimentos recentes e tantas incertezas futuras.

    Nessas ocasiões, mal entro num museu ou igreja, me surpreendo com o silêncio que me envolve, a tranquilidade e a reserva que me acolhem. O burburinho das ruas, com toda a profusão de fiacres, caleças, tílburis, landaux, cupês, charretes, carruagens, tipoias, hanson cars, taxi cabs, *carroças de carga, ônibus, não se impõe de maneira obrigatória o tempo todo. Por vezes, basta virar uma esquina e o transeunte já pode substituir toda essa energia fervilhante por uma calma e quietude com que em Londres sempre se pode contar mas seriam surpreendentes em qualquer outra cidade. Pode ouvir seus próprios passos a caminhar, sem quaisquer outros que a eles se juntem. Em suas praças, a sombra das árvores e as massas de arbustos podem servir de abrigo a pequenos animais. De praça em praça, de jardim em jardim, esquilos vão a todo canto. Voltando a pé por uma calçada à noite, não é raro o pedestre cruzar com uma raposa em busca de alimento. E por toda parte, lá estão os imensos parques e prados comuns, onde é frequente encontrar carneiros pastando ou patos e cisnes a nadar num lago, a recordar que a metrópole é composta de um aglomerado de vilarejos interligados, em torno ao núcleo de um poderoso Império, que conferem à energia urbana um tom bucólico, de majestade permanente e natural.*

Enfim, vejo em Londres uma cidade magnífica, cosmopolita no mais alto grau que o desenvolvimento urbano é capaz de atingir, mas capaz, ao mesmo tempo, de respeitar o silêncio, o isolamento, a necessidade de recolhimento que cada ser humano tem. Um equilíbrio raro, talvez só alcançado no apogeu de uma civilização. Ainda bem que vim conhecê-la. Essa conjugação responde a tudo o que minha vida exige no momento. Acentua meu desejo de morar aqui.

Para realizar esse anseio, preciso voltar ao Brasil. Buscar criar condições de trabalho que me permitam viver bem e com conforto, estando radicado nesta cidade. Conversar com meu pai, convencê-lo a exercer sua influência para pleitear uma nomeação para algum cargo que me permita tornar realidade esta vontade de viver em Londres.

Depois, veremos. Quem sabe se o tempo e novas condições não tornarão possível que, um dia, Zizinha e eu nos reencontremos de outra maneira?

13
Londres, julho de 1876

Quincas acabara de dar um passo decisivo. Pusera no correio uma carta para Zizinha, cheia de palavras doces, mais uma vez lhe propondo casamento. Acreditava que dessa vez seria possível concretizarem seus sonhos. Os últimos dois anos de separação e distância tinham trazido a ambos o amadurecimento nascido de experiências novas. O rapaz nunca pusera em dúvida as afinidades que os ligavam nem a atração que sentiam um pelo outro. O afastamento se devia apenas a circunstâncias difíceis, que agora mudavam. Antes de embarcar dessa vez para a Europa, entre reservado e tímido, escrevera-lhe propondo o encontro. Sua carta fora muito bem recebida. E a acolhida que tivera em sua recente passagem por Paris lhe acendera novamente a esperança nas possibilidades matrimoniais. Desta vez, quem sabe?

Quase dois anos antes, quando voltara ao Brasil após o rompimento, não se sentiu preso a Zizinha, e tratou de viver sua liberdade e construir sua vida. Flertou e namorou bastante, exercendo seu intenso poder de sedução, como era de seu feitio. Trajando-se como um dândi, atento a minuciosos detalhes de luvas, gravata, echarpe e flor na lapela, ostentou para plateias elegantes (até mesmo com a presença do imperador) os conhecimentos cosmopolitas recém-adquiridos, agora exibidos numa série de conferências sobre arte europeia. Publicadas na imprensa, elas lhe abriram uma porta profissional, pois passou a crítico teatral e literário regular em um jornal. Chegara mesmo a fundar uma revista de vida curta.

O pai tentou introduzi-lo na política, projetando lançá-lo candidato a deputado. Mas não teve sucesso. Não era oportuno, por estarem na oposição. Não era fácil. Os conservadores chefiavam o gabinete, e os caminhos do partido liberal estavam bloqueados.

Mas aos poucos as coisas mudaram. Ao final de algum tempo, finalmente, o senador Nabuco de Araújo agora conseguira uma colocação no exterior para o filho, como adido nos Estados Unidos.

Ao se preparar para partir, Quincas logo planejou um trajeto que evitaria os navios a vapor que faziam a rota direta entre Rio e Nova York. Tinha uma boa desculpa: por serem muito pequenos e jogarem muito, causavam mais enjoo aos passageiros. Preferiu ir pela Europa, servida por embarcações maiores e mais estáveis. Assim, aproveitaria para passar alguns dias em Paris e rever Zizinha, além de visitar Londres novamente antes de seguir viagem para se estabelecer em suas novas funções.

A moça foi receptiva à ideia, quando soube da visita anunciada. Ficou contente pela oportunidade de revê-lo e não escondeu isso. Mas em pessoa foi discreta, ocultando qualquer entusiasmo, se o tinha. Tão contida que ele não pôde deixar de manifestar seu estranhamento diante de tanta reserva, depois de terem vivido uma história tão intensa.

— O que significa essa distância? Sou o mesmo Quincas, és a mesma Zizinha.

— Não me esqueço disso. Sei que sou a mesma de quando nos separamos há dois anos.

Não se esquecia também de quanto lhe queria bem. Por isso mesmo, também tinha nítida a lembrança de quanto se deixara magoar pelas emoções, em choque com a realidade. Tinha perfeita consciência de quanto era vulnerável diante dele e quanto poderia se machucar. Pretendia fazer o que estivesse a seu alcance para se proteger e não mais ter de passar por dor semelhante à que sentira quando se haviam separado. Mas ele insistia:

— Pois pareces ter esquecido o passado. Estás tão reservada.

De sua parte, ela tentava ter juízo:

— Talvez seja a reserva ditada pela cautela. Não sei se podemos fazer bem um ao outro ou se apenas vamos nos ferir novamente. Parece que não conseguimos discernir nossos sentimentos. Se só podemos nos magoar e nos fazer mal, devíamos esquecer o passado.

Ele não estava de acordo:

— A situação é diferente de como era no passado. Agora que dou início a uma carreira diplomática, a perspectiva de residirmos na Europa após o casamento passa a ser uma possibilidade concreta. Sem que eu precise sacrificar meu futuro à tua vontade.

Essas palavras a crisparam. Precisava ter cuidado, não podia baixar a guarda. Então era assim que ele via as coisas? Como se ela fosse uma mulher cheia de vontades, pronta a sacrificar o futuro do homem amado para impor seus caprichos? Sempre a sinhazinha mimada e voluntariosa? Abespinhada com a insinuação, reagiu imediatamente:

— Não se trata disso. Jamais se tratou. Não exijo nem exigirei nunca que te sacrifiques por mim. Não serei eu que te impedirei de cumprir teus deveres. E, se o fizesse, terias toda a razão em te recusares a agir assim. Apenas tentei explicar-te que me parecia quase impossível habitar meu país e ser lá feliz. Tenho tão tristes lembranças dele. Toda a situação com minha família em nossa terra me é muito penosa. Como eu poderia ser feliz com tanta hostilidade vinda de minha própria gente? Ou, ainda mais importante, parece-me difícil lá conseguir fazer a felicidade de outra pessoa.

Cautelosa, ela tentava fazê-lo ver que não se tratava de impor caprichos ou exigir mimos, mas apenas buscava se proteger. Havia também outro aspecto que pesava, e do qual Zizinha estava sempre consciente. Mas não queria levantar precipitadamente. E ele, embora o conhecesse bem, não imaginava a intensidade com que a consciência desse obstáculo se acentuava com o passar do tempo, fermentando no temperamento da moça.

Os costumes brasileiros não admitiam um modelo de casamento que, cada vez mais, parecia a ela ser o único viável, em que as decisões fossem compartilhadas e não simplesmente impostas pelo marido. Não conseguia se ver submissa e obediente, abrindo mão de participar da gestão de seus próprios negócios. Ainda mais porque tinha mais confiança em sua capacidade administrativa e seus conhecimentos do mundo das finanças do que na total inexperiência de Quincas nesse terreno. Mas ele lhe parecia igual aos outros nisso: era um homem de seu tempo, incapaz de permitir qualquer questionamento nessa área ou de admitir que caberia à esposa outro papel que não fosse o da sujeição à autoridade e ao arbítrio do marido. Não apenas em relação ao seu comportamento com outras mulheres, como ele sempre preferia ver quando as rusgas se manifestaram anteriormente, mas em qualquer área, incluindo a condução da vida econômica e todos os cuidados com os bens e o patrimônio do casal. Vivendo no exterior, talvez aos poucos os dois pudessem tentar chegar a um equilíbrio nessa área. Se fossem se fixar no Brasil, ela receava ser impossível resistir às pressões de familiares, amigos, toda a sociedade em volta, incapazes de conceber a recusa do único modelo de casal que admitiam e de respeitar a busca de outro padrão que não o seu. E ela não podia correr o risco de transformar o homem que amava em motivo de chacota geral. Também estava segura de que desejava evitar a todo custo que isso ocorresse. Mas não se via capaz de baixar a cabeça e ceder toda a sua autonomia já conquistada, tão rara e tão preciosa, ainda mais se comparada com a das mulheres de sua terra.

O melhor seria aproveitar o momento do reencontro sem levantar qualquer possibilidade de discussão desses pontos. Não seria oportuno e Zizinha bem o sabia. Preferia se permitir apenas viver o instante, na alegria de estarem juntos. Mas não pretendia deixar de se proteger e de segurar qualquer entusiasmo mais afoito.

Quincas, no entanto, a partir de uma quase timidez amorosa surpreendente para quem não o conhecesse muito bem, se deixava enredar pela própria insegurança. Parecia não entender um tom tão reticente por parte dela, e insistia:

— Queres então que eu acredite que hoje sentes ódio por mim?

— De modo algum. De minha parte, é certo que não é ódio.

— O que respondes, então, à minha proposta de reatamento?

— Uma parte de mim tem muita vontade de concordar. Outra parte receia e se pergunta se não deveríamos ter melhor juízo. Dá-me um pouco mais de tempo para refletir. Preciso pensar melhor.

Ele seguiu para Londres, confiante que em breve se entenderiam, num encontro que deixaram combinado para breve, na Normandia. Então poderiam conversar melhor, com mais calma.

Preparando-se para esse momento, Quincas adiou a ida para os Estados Unidos. Mas, em seguida, surgiu um fato novo. Discutindo por carta sobre os planos para a viagem ao local que ele considerasse mais cômodo e onde ela iria encontrá-lo, Zizinha lembrou que seguiria acompanhada pela irmã, já que não era bem-visto que uma moça solteira viajasse sozinha com um homem.

Foi a vez de Quincas se encrespar. Sempre teria de aturar aquela irmã implicante? Mas não poderia haver outra companhia que não fosse Francisca? Será que ela sempre precisava arrastar consigo aquela Chiquinha insuportável, inimiga declarada dele? Nada poderia dar certo dessa forma, se Zizinha se mostrava sempre mais preocupada em proteger sua reputação do que em seguir seus sentimentos por ele.

Não conseguiu deixar de se sentir melindrado. Como se a moça estivesse relutando em encontrá-lo. Punha em primeiro lugar o cuidado em evitar comentários que a comprometessem. Como se ele não fosse sempre cuidadosíssimo com esse aspecto. Será que ela imaginava que ele se comportava contra todas as regras do cavalheirismo e seria capaz de falar dela com os amigos? Qualquer suspeita nesse sentido lhe parecia um ultraje, de que não era merecedor.

Sentiu-se ofendido e lhe escreveu com ironia sobre isso, tratando-a de "senhora e amiga", em tom distante, como se a carta se destinasse a ser lida por estranhos, sem trair a proximidade que tinham. Quase malcriado, passou a ser ferino e mudou subitamente o tom que estava adotando, ao interromper o fluxo suave da correspondência que ultimamente vinham trocando, sem ao menos abordar os detalhes para o encontro combinado, como se nenhuma expectativa existisse a esse respeito. De forma inesperada, concluía seco, como se fosse uma birra infantil, apenas comunicando que partiria logo para os Estados Unidos.

Quem se mostrou ofendida dessa vez foi ela. Reagiu altiva, lembrando que jamais insinuara nada semelhante àquilo de que estava sendo acusada, e acrescentou:

"Quando desconfiei de teu cavalheirismo ou mostrei temor de que me comprometesses? As minhas cartas são a prova do contrário."

Os melindres de parte a parte deixavam cada um dos dois ainda mais inseguro. Ela podia não ter dúvidas sobre o que sentia por ele, mas hesitava bastante quanto à ideia em si do matrimônio. Teria de pagar um preço alto, que incluía nova mudança de continente, a perda da independência e a briga total com a família, após lentos e precários passos para recompor essa relação nos últimos tempos. Sobretudo com Chica. Cuidadosa, temia botar tudo a perder. Queria refletir bem, antes de dar uma resposta final. Sentia-se embaraçada com a intensidade com que ele pedira desculpas e reafirmara seu amor, de modo tão súbito e inesperado, depois de tanto tempo de afastamento. Aqueles espasmos emocionais a assustavam um pouco, a indicar nele um caráter impulsivo e oscilante, de súbitas intensidades. Além disso, ficava insegura ao constatar como ele estava tão sensível, até exagerado, se ofendendo com qualquer coisa que ela tentasse ponderar. Como se não conseguisse entender sua posição, no fundo parecida com a dele, depois de tantas idas e vindas — hesitante e sem segurança. Constrangida, não conseguia tomar uma decisão com a celeridade que ele parecia desejar.

Ao mesmo tempo, Zizinha sabia que ele tinha seus compromissos profissionais e prazos a cumprir. Precisava seguir viagem, não podia ficar dependente da lentidão que ela estava tendo para dar uma resposta. Mandou-lhe uma carta, tentando conseguir um tempo maior para uma resolução definitiva, que mudaria toda a sua vida:

"Estou em um estado de alma o mais aflitivo possível, não posso agora discernir bem os meus sentimentos. Eu lhe escreverei aos Estados Unidos."

Queria um prazo mais longo para decidir. Mas não teve sensibilidade para perceber que isso era justamente o que ele não estava disposto a lhe dar, no momento.

Do ponto de vista de Quincas, motivos não lhe faltavam. Os amigos mais próximos o criticavam por se deixar confundir por apreensões futuras e não ter resolvido sua situação com uma mulher rica, bela, inteligente. Censuravam-no por não ter ainda conseguido casar com uma mulher que o amava loucamente, o que era óbvio. E que ele conhecia bem, o que lhe permitiria dominá-la com facilidade — como frisavam.

Afinal, os dois namorados já tinham tido bastante tempo, já haviam ficado dois anos separados. Por tudo isso, agora ele queria definir a situação com clareza, logo, de uma vez por todas. Seria bom ter a seu lado, em suas novas funções diplomáticas, o apoio de uma esposa bonita, vivaz, culta, de traquejo social. Por mais que nesse momento estivesse aproveitando essa escala britânica para se distrair em Londres, Quincas não estava disposto a adiar a decisão novamente. Não pretendia chegar a Washington sem saber se estava comprometido ou não, e se sentindo moralmente preso a um pedido de casamento ainda sem resposta.

Essa mulher era um enigma, já o dissera algumas vezes a ela própria. Se por vezes tinha certeza de que ela o completava, em outras ocasiões sentia que não compreendia nada do que lhe ia na alma. Uma esfinge.

Em tom de ultimato, exigiu que ela decidisse de uma vez por todas, ou seria um adeus para sempre.

Orgulhosa como sempre, a resposta não tardou:

"Se temos de nos dizer adeus para sempre, como desejas, é porque já nos fizemos bastante mal um ao outro, tenho muito o que me fazer perdoar. Quanto a mim, se tive alguma coisa a perdoar, há muito tempo está feito."

Mas fez questão de não deixar passar em branco:

"Se não nos vemos, não sou eu a culpada."

14
Londres, abril de 1878

Um sonho realizado. Finalmente, Quincas estava em Londres como adido da legação do Brasil junto ao governo de sua majestade, a rainha Vitória.

A experiência diplomática de menos de dois anos nos Estados Unidos fora interessante, mas lhe parecia que não passara muito disso. Pelo menos, era como a julgava no momento. É claro que valera a pena ter travado conhecimento com outra sociedade, com outros costumes. Mas não lhe parecia que esses meses houvessem lhe acrescentado nada importante nem representado muito mais que isto em sua vida: a chance de conhecer outro país e suas paisagens e entrar em contato com outro povo e seu modo de ser.

Na América do Norte, tivera mais oportunidades para flertes, com solteiras menos presas. Menos oportunidades para *liaisons*, com casadas menos flexíveis. Então multiplicara os flertes ainda muito mais do que costumava. E refletira muito sobre vantagens e desvantagens do casamento, cuidadosamente pesadas e postas em contraste. Por vezes, sentia-se muito só, sem uma companheira à altura, com quem pudesse compartilhar a vida. Mas em outras ocasiões outros pensamentos lhe vinham com clareza, rejeitando a possibilidade de uma vida conjugal:

— Casar é criar raízes. E aquilo que tem raízes, como toda árvore, vegeta.

Não queria vegetar. Queria se expandir, se movimentar, conhecer outras terras e outras gentes, viver experiências novas. Ansiava por uma dinâmica que o arrebatasse. Desejava também concentrar sua atenção e seus esforços na direção do que passava a preocupá-lo mais e mais. Lutar por aquilo em que cada vez acreditava com mais intensidade: a urgência absoluta de que o Brasil promovesse logo a emancipação dos escravos. E aproveitava essa temporada em terras norte-americanas para refletir sobre tudo isso — da vida pessoal aos costumes e à política.

    Aliás, refletira muito, em geral. Talvez o maior ganho de toda a sua temporada norte-americana tivesse sido essa possibilidade de muita reflexão.

    Analisara o Brasil com a perspectiva que só a distância permite. Observara com atenção a sociedade local, os problemas da nação jovem em que estava vivendo. Via nos Estados Unidos um país pujante e cheio de energia, às voltas com a construção de uma democracia de massas, numa federação complicada e melindrosa, marcada pelas cicatrizes da recente Guerra Civil e pela abolição mal resolvida, deixando ressentimentos e discriminação, até mesmo segregação, numa cisão profunda. Começou a acompanhar geopolítica, buscando estar sempre atento ao que se desenrolava na Europa e no império otomano que então se desagregava, bem como no espólio que este deixava e passava a ser disputado pelas potências europeias. Questionava-se sobre os caminhos brasileiros, as condições da população em seu imenso território, o trabalho escravo, a má distribuição da propriedade. Percebia cada vez mais como era imenso o peso do cativeiro, um atraso social em seu país, constrangedor diante da comunidade internacional:

    — É preciso destruir essa nódoa que nos envergonha aos olhos do mundo.

    Sempre fora abolicionista. Mas antes essa convicção se construíra a partir de um sentimento humanitário, algo emocional, graças a sua índole solidária ou às lembranças afetivas dos escravos com que convivera na infância, no engenho da madrinha. Durante a temporada norte-americana pudera refletir e amadurecer sua análise, examinando o problema sob a luz da razão. Construíra, assim, um arcabouço muito mais sólido e sustentável, feito de convicções lógicas e racionais. Começava a se convencer de que a maior questão que se colocava para a democracia brasileira não era a do sistema político, se república ou monarquia, como muitos pareciam crer, mas a escravidão. Mais que alterações no regime de governo, o progresso nacional exigiria soluções sociais. Ao aprofundar dessa forma sua visão do cativeiro, Quincas deu a suas ideias libertárias mais fundamento intelectual, tornando-as mais consistentes politicamente, embasando-as num contexto econômico. Nesse processo, não deixou de perceber quanto as raízes da escravatura estavam plantadas fundo no país e como eram maléficas, corroendo seu futuro:

— A escravidão é a ruína do Brasil, que está edificado sobre ela.

Tinha vontade de atuar em defesa da abolição, mas ainda não sabia como nem em que campo. Os caminhos de uma carreira política dependiam do pai e continuavam difíceis, apesar de ambos terem tentado abri-los, em seguidas eleições. Ou bem Quincas não conseguia incluir seu nome como candidato na lista partidária, ou não garantia apoio suficiente para se eleger. Precisava ampliar os horizontes, estar mais presente e encetar uma carreira onde pudesse atuar com mais eficiência e visibilidade.

Além do mais, aquela colocação como diplomata em Washington não o agradava. Sentia que já esgotara tudo o que o posto tinha para lhe oferecer. Desejava voltar para Londres, talvez aproximar-se novamente de Zizinha, ver se conseguiam se entender e resolver suas diferenças de uma vez por todas. Se isso ocorresse, quem sabe até poderiam, finalmente, contemplar um casamento e uma vida estabelecida na Europa. No fundo, não perdia as esperanças de que essa fosse uma meta possível.

Ao fazer vinte e oito anos, Quincas fez também um balanço de sua vida. Percebia que seguia à deriva e estava tardando demais em definir seus rumos. Não apenas porque era o que o pai esperava dele. Ou porque a família toda, cada vez mais aflita com isso, pressionava nesse sentido. Ele mesmo, com toda a sua vaidade e aparente segurança, reconhecia que começava a se sentir desconfortável, ao sabor dos acontecimentos, levado de um lado para outro sem comandar com pulso firme os corcéis de um carro que seguia a galope. Para onde? Não sabia.

Não resolvera que profissão seguir. Não constituíra uma família e nem mesmo se casara ainda, diferente da quase totalidade dos rapazes de sua época. Não escolhera uma cidade onde se estabelecer. A si próprio, na intimidade de seu diário, chegava a admitir que nem mesmo se fixara em algo tão essencial quanto se definir sobre a língua em que devia pensar. Constatava que não assentava em nada e já era hora de deixar de planejar mil coisas, sem realizar nenhuma até o fim. Chegara o momento de poder se concentrar em fazer alguma delas.

Qual? Difícil discernir.

Teve um bom pretexto a lhe dar um empurrãozinho. O governo americano anunciara que não seria mais tolerante com diplomatas que, evitando viver em Washington, se radicavam em Nova York, como tantos preferiam fazer. Pois esse era justamente o caso de Quincas. Ia, portanto, ser forçado a decidir se iria se estabelecer na capital dos Estados Unidos ou se voltaria para o Brasil.

Para pensar e resolver, dera a si próprio uma pausa para uma temporada em Londres e fora passar um tempo com o barão de Penedo no final do ano de 1877. Tentara, assim, fazer avançar dois de seus planos, em duas importantes áreas ainda indefinidas de sua vida. Na carreira, o objetivo era conquistar o amigo e protetor para seu sonho, convencendo-o a envidar esforços junto ao governo, a fim de trazê-lo para trabalhar a seu lado na capital britânica. Nos amores, alimentava uma esperança recôndita: talvez pudesse convencer Zizinha a lhe dar nova oportunidade.

Na primeira frente, fora tão bem-sucedido que agora, apenas poucos meses depois de iniciar essa campanha, em final de fevereiro de 1878 fora nomeado adido da legação em Londres.

Já na segunda frente, continuava o movimento pendular.

Sem saber bem como seria recebido, tivera o cuidado de escrever a Zizinha antes de viajar ao Velho Mundo, contando que passaria por Paris em outubro de 1877 e desejava visitá-la, se isso não a aborrecesse. Revelou que estava com uma nova obra recém-acabada, uma peça teatral, e gostaria de ler o texto para que ela ouvisse. Aproveitaria para lhe dar um livro. Poderiam também trocar ideias, compartilhar o que haviam vivido nesses dois anos em que não se tinham visto, conversar a respeito das experiências dela em sua vida parisiense e das impressões dele sobre a temporada passada nos Estados Unidos.

Em resposta, a carta dela foi acolhedora. Adotando um tom um tanto cerimonioso mas afável, e enfatizando a velha amizade, ela se mostrava contente com o encontro planejado. Afirmava estar ansiosa por ouvir o drama recém-escrito e conhecer as marcas que o novo país lhe deixara. Deixou claro que, ainda que em endereço diferente, sua casa continuava de portas abertas para ele. Estava à sua espera.

Em final de novembro, no entanto, ele ainda não tinha chegado. Às voltas com problemas de saúde da irmã e às vésperas de uma viagem a Madri com Francisca, ela então lhe escreveu perguntando sobre os planos concretos em relação a sua viagem a Paris, pois soubera que ele já estava em Londres.

Para não revelar sua ansiedade, porém, teve o pudor e o cuidado de ocultar alguns detalhes. Não disse que, na perspectiva de recebê-lo, tinha modificado seus projetos para uma temporada na Suíça. Nem que havia mais de um mês que estava esperando a anunciada chegada dele e tendo de aturar o mau humor de Chica por causa de tudo isso:

— Tu não tomas jeito mesmo. A cada vez a história se repete. Sempre cais na lábia desse estroina.

— Não torças as coisas, mana. Não há mais nada entre nós. Ele é apenas um amigo, como outro qualquer. Recebemos sempre tantos compatriotas em casa, muitos até que mal conhecemos. Que mal há em nos alegrarmos por poder acolher alguém que sabemos bem quem é?

— Sabemos bem até demais.

— Pois é, mas agora a situação é diferente. Ele vem nos ler seu drama, falar de sua experiência como diplomata em Washington, dar seguimento a uma amizade antiga. Apenas isso. Não nos custa nada encurtar uma temporada fora e reduzir alguns dias de uma viagem para recebê-lo.

— Alguns dias? Já são semanas e nós aqui à espera. Como se não tivéssemos mais o que fazer. Sei bem o que estás pensando, conheço-te como a palma de minha mão. Não aprendes nada. Por ele, cedes sempre. Mais uma vez estou te avisando. Não digas que foi por falta de cuidado de minha parte. Se achas que eu não sou capaz de ver bem a esparrela em que te precipitas de novo.

A ladainha de sempre. O melhor que Zizinha fazia era desligar, não lhe dar ouvidos, tentar não responder a tudo.

As duas não tinham como saber que, no caminho dele, surgira uma circunstância inesperada.

Como programado, Quincas se hospedara novamente em Londres com o barão de Penedo por algumas semanas. Sugado pelos compromissos sociais do meio aristocrata, que tanto o encantavam, escudava-se na desculpa de que precisava ir a muitas festas, recepções e jantares para conhecer pessoas bem situadas, que seriam importantíssimas em seu eventual trabalho londrino como diplomata, cargo que tinha cada vez mais esperança de obter em breve. Na verdade, dava-o quase como certo, já que as providências para isso estavam muito bem encaminhadas. Nesse torvelinho de programas mundanos, tivera a surpresa de reencontrar Miss Minnie Stevens, uma linda americana que fizera parte do seu vasto plantel de flertes do outro lado do Atlântico. Não podia deixar passar a oportunidade de alimentar um pouco o velho joguinho amoroso com uma parceira tão cativante, cuja atração sobre ele era inegável, como já confessara a vários amigos:

— Bela e sedutora como uma sereia moderna — referia-se a ela.

Ou seja, antes de ir visitar Zizinha, Quincas esbarrara em outra ouvinte atenta para sua nova peça. Um drama em francês, com o sugestivo título de *L'Option*. Pois ele optou. Pelo menos, de imediato. Foi para ela que estreou sua leitura dramática.

Miss Stevens se revelou tão interessada que acabou também ganhando *O livro da felicidade*, justamente a obra que o jovem diplomata prometera presentear a Zizinha. A reação a essa leitura deve ter sido tão positiva que, anos mais tarde, consciente de seu sucesso, o jovem autor repetiu o número, enviando o texto de *L'Option* como isca a outra leitora predisposta a apreciá-lo, a atriz Sarah Bernhardt, também envolta na rede pesqueira do dândi tropical. Tão favorável era a predisposição que a grande dama do teatro europeu chegou a manifestar o desejo de, eventualmente, encenar o texto. Mas isso seria mais adiante. No momento, o que importa é que a sereia Minnie Stevens atropelou o calendário de Quincas com seus poderes de sedução e deixou Zizinha a ver navios — para ficarmos nas águas das metáforas marítimas.

Quando ele enfim ficou livre para ir à França, as duas irmãs já estavam na Espanha. Tinham desistido de esperar.

Quincas deu de ombros. Pois então ele as veria quando voltassem a Paris, no fim do inverno. Afinal, faltava pouco. Tinham tempo de sobra. Já estavam em fevereiro. E cada vez mais ele acreditava que finalmente se entenderiam, nas novas circunstâncias que o traziam para se radicar na Europa, em longa temporada.

Tinha quase certeza de que as coisas se passariam assim: ele e Zizinha tinham a vida toda pela frente e os ventos desta vez eram benfazejos. Ficariam juntos. O gabinete conservador caíra no Brasil e os liberais estavam de volta ao poder. Tudo perfeito. Para coroar o quadro favorável, sua nomeação como adido na Inglaterra foi assinada pelo ministro dos Estrangeiros no dia 23 desse mês. A primeira etapa dos sonhos rosados se confirmava.

Por isso, o jovem já estava se instalando em Londres, num país vizinho à França. Iria fixar residência lá. Muito pertinho. Zizinha e ele teriam tempo e calma para multiplicar as visitas, conversar e se recompor. Desta vez, sem precipitações.

Mais um pouco, começaria a primavera, época em que tudo renasce. Quincas confiava em que renasceria também, mais uma vez, o entendimento entre os dois. E agora poderiam ficar morando na Europa para sempre.

Lá no Olimpo algum deus deve ter achado que ele estava brincando demais com o fado. Talvez Cronos, o senhor do tempo, eterno devorador dos homens e seus destinos, tivesse decidido que era hora de lhe dar uma lição definitiva. E não houve bravo Marte ou Ogum guerreiro que o salvasse, por mais que Ogum se identifique com São Jorge, o santo padroeiro da Inglaterra, que talvez o estivesse levando para suas terras. Nenhuma proteção lhe valeu.

Ao se iniciar a primavera europeia, quatro semanas depois da nomeação pela qual Quincas tanto batalhara por tanto tempo, o senador Nabuco de Araújo morreu.

A morte do pai mudava tudo. Caía como um raio de Zeus sobre a vida dele. Quincas não tinha escolha. Precisava atender ao apelo que recebeu da família. O senador falecera acabrunhado, febril de desgosto político, desrespeitado por questões internas do partido liberal que, bem na tão esperada hora em que voltava ao poder, lhe dera uma rasteira. Deixava muitas dívidas e uma tremenda sensação de humilhação pública por ter sido preterido e alijado de sua influência e poder, devido a disputas e intrigas entre os próprios correligionários, sem ao menos ser consultado na composição do novo gabinete, como todos esperavam e suas qualidades autorizavam. Legava também uma família desprotegida e totalmente desorganizada. Daí o tom do cunhado de Quincas em sua carta, a relatar os detalhes da cena de morte e convocar o rapaz a regressar:

"É preciso que retornes ao Brasil logo, para onde chamam-te a tua honra e o grande valor de teu pai, que via a ti como seu natural sucessor e continuador de suas gloriosas tradições, e a tua devotada família."

Na travessia do Atlântico, não era necessário ser Poseidon nem Iemanjá para perceber como Quincas vinha recolhido, triste, enlutado. Era visível aos olhos de qualquer mortal. Sua desolação estava evidente, para todos os passageiros do vapor. Fechado em si mesmo, sem querer conversar com ninguém, estava irreconhecível. Vinha imerso numa tristeza enorme, como só sentira parecida aos oito anos, quando perdera a madrinha e tivera de se mudar do engenho, a se perceber sozinho no mundo.

Na escala do navio em Portugal, leu nos jornais brasileiros as homenagens póstumas ao senador, enaltecendo sua grandeza. Acentuavam a dimensão do estadista desaparecido e sua importância para o país. Falavam da súbita orfandade de uma nação e de um povo. Como filho, Quincas se sentia na obrigação de não deixar que essa memória se perdesse.

Somava a essas orfandades metafóricas seu desamparo real. E acrescentava o que imaginava mas ainda não sabia ao certo: os novos desafios que teria de enfrentar sozinho. A começar pelo acúmulo de contas a pagar, exigindo serem saldadas. Coisa para a qual ele estava totalmente despreparado e jamais revelara qualquer aptidão até esse momento.

15
Paris, setembro de 1878

— Vais querer ir outra vez a essa Exposição Universal? De novo? Não te cansas dela? Ninguém aguenta mais. Já vão até encerrá-la...

— Por isso mesmo, Chica. Quero visitá-la ainda uma vez, antes que acabe. Como tu, muitos já se cansaram dela. Creio que hoje poderei fazer um recorrido mais calmo. Pode ser... Apreciar mais detalhes e talvez descobrir algumas coisas que me tenham escapado antes. Quem sabe até se com menos gente e filas menores, agora. Sempre deparo com coisas interessantes na exposição.

Francisca não estava com a menor vontade de sair de casa e se meter numa charrete para ir novamente até o Campo de Marte. Não achava graça em rever todas as novidades tecnológicas que se exibiam no palácio de Ferro nem nos pavilhões construídos ao longo da rua das Nações, naquela assombrosa profusão arquitetônica de estruturas de metal e paredes de vidro.

Uma vez, sim, havia sido interessante. Tinha de admitir que, na inauguração, ficara impressionada com a imponência feérica do palácio do Trocadero, admirara suas torres mouriscas a dominar a paisagem urbana. Em maio, as festas de abertura tinham sido soberbas, da recepção aos chefes de Estado estrangeiros aos concertos do magnífico órgão, especialmente construído para a ocasião. Até entendera um pouco o entusiasmo da irmã, que se manifestara antes mesmo da inauguração, levando-as a adiar e depois a cancelar uma programada viagem ao Brasil, a primeira que fariam desde que se haviam estabelecido em França.

Depois, as duas irmãs tinham voltado a visitar a Exposição Universal com amigos, para ver com mais vagar algumas das novas maravilhas que se apresentavam ao público e das quais todos falavam na cidade. Algumas quase inacreditáveis. Só mesmo vendo para crer. Lâmpadas elétricas que podiam durar até uma hora e meia acesas. O megafone e o fonógrafo do sr. Thomas Alva Edison, a amplificar e reproduzir sons. O telefone do sr. Graham Bell, permitindo conversar com quem estava longe. A máquina que usava o calor do sol para fazer vapor e propiciava inúmeros usos mecânicos... Diziam que até mesmo gelo era possível fabricar a partir da energia assim concentrada! E havia um sistema de ventilação que aspirava por milhares de bocas o ar viciado dos salões, deixando entrar um ar limpo, refrescado num subterrâneo de pedra. Coisas até difíceis de acreditar, se a pessoa não as visse, ouvisse e comprovasse com os próprios sentidos. Paris inteira comentava esses milagres técnicos. Era mesmo a sensação da temporada.

Zizinha ainda conseguira convencê-la a lá voltar mais uma ou duas vezes. Viram outras atrações. Puderam encantar-se com brinquedos mecânicos de todo tipo. Admiraram sedas de Lyon e tecidos adamascados magníficos, joias deslumbrantes e objetos de arte de raro requinte, capazes de eventualmente servir de inspiração para a decoração do seu novo endereço na rue d'Alba. Como os delicados vasos e objetos de cristal e vidro jateado, esmaltado ou trabalhado de diversas formas por um jovem artista de Nancy, Emile Gallé, que ganhou uma medalha de ouro na mostra e elogios universais pelos tempos afora.

Francisca até reconhecia que a irmã tinha razão. Visitar a Exposição Universal era como viajar por terras longínquas sem sair de Paris. Todo um mundo se revelara a seus olhos nos pavilhões de países distantes, como a Rússia ou o Japão, tudo tão diferente do que conheciam...

Mas já tinham ido ver tudo isso diversas vezes. Tinham até comprado um par de vasos de Gallé e uma estatueta de alabastro representando uma deusa grega. Palas Atena, da especial predileção de Zizinha. Mas voltar lá mais uma vez? Agora, Chica achava que era demais:

— De novo, mana? Já fomos ao aquário, já vimos toda espécie de peixe esquisito e de monstro marinho. Já visitamos o zoológico humano, com todos aqueles índios, orientais, negros, pigmeus, gente esquisita de todo tipo. O que ainda desejas? Acaso te apetece enfrentar aquelas filas longuíssimas para subir num balão cativo e ver Paris do alto, disputando espaço com mais quarenta pessoas num cestinho suspenso? Ou talvez esperes que aquele monoplano lá exibido vá levantar voo de um momento a outro e te leve a algum lugar distante? — Irritada, concluiu: — Não, desta vez não me convences. Não adianta insistir, que lá não piso mais. Fico em casa.

— Pois fazes muito bem. Se não queres sair, não deves ir. Não há motivo algum para fazeres o que não te apetece. A casa está mesmo muito acolhedora e agradável. Ainda mais num dia fresco como hoje, já anunciando o outono. Aproveita para repousar. Fica junto à lareira, toma uma chávena de chocolate quente, com uns *petits fours*. Pedirei a Henriette que cuide disso. Rita me fará companhia no passeio.

— Ótimo. Assim descanso. Depois tu me contas o que ainda havia para ver e possa ter me escapado. Sei que a novidade que for mais interessante e útil vai mesmo ficar entre nós depois, quando se acabar a Exposição. Para tornar a vida de todos mais confortável. O que é bom permanece. Como essa nova iluminação elétrica que instalaram agora na Avenida da Ópera, tão clara que faz a noite parecer dia. Ou, quem sabe?, talvez até mesmo essa máquina de costura que construíram lá na Exposição poderá ser um dia usada por nossas modistas para apressar a feitura de nossos vestidos.

Todas essas novidades interessavam a Zizinha. Mas iam além da simples curiosidade ou do mero gosto pelo conforto. Se algumas delas fossem mesmo viáveis em larga escala, valeria a pena tentar descobrir quem estaria disposto a fabricá-las, quais os custos, qual o possível preço de venda, qual o tamanho e quais as chances de crescimento do mercado consumidor. Eram campos novos para investir. Gostava de acompanhar de perto todas essas mudanças, estar atenta a empreendimentos pioneiros, analisar as possibilidades de cada um, arriscar em ações de novas empresas. Aprendera com o pai, que aumentara muito sua fortuna incentivando a construção de ferrovias e a implantação dos serviços de gás no Brasil.

De sua parte, ela fizera o mesmo desde que se mudara para a Europa e não tivera ainda qualquer motivo para arrependimento. Não duvidava das oportunidades que se abririam com o telégrafo ou, dentro em breve, com o telefone, a cuja demonstração assistira recentemente. Estava segura disso. O emprego de máquinas novas em indústrias poderia trazer perspectivas interessantíssimas para a expansão do setor. O importante era entender logo quais delas seriam mais viáveis e compensatórias, ou dignas de uma aposta imediata em sua implantação.

Mas alguns casos eram difíceis de avaliar. Qual seria o potencial de uma máquina como aquela de fazer sorvete, exibida na Exposição Universal, e que se gabava de ter vendido toneladas da guloseima ao longo do verão? Ou aquela geringonça apresentada como máquina de escrever? Teria uso suficiente para ter seu consumo multiplicado no futuro? Daí a quanto tempo? Chegaria a fazer alguma diferença no cotidiano de escritórios das empresas? Traria reflexos em seu desempenho econômico? Haveria alguma relação entre essa facilidade técnica e aquelas ideias que o grande Victor Hugo, o poeta de maior prestígio no país, defendera publicamente ao falar no recinto da Exposição? Era instigante imaginar que ele pudesse ter razão e que o conceito de propriedade intelectual pudesse um dia ser introduzido na sociedade, garantindo remuneração a autores de textos...

Isso possibilitaria, talvez, uma profissionalização enorme em todo o setor editorial e de imprensa, além de permitir uma ampla troca de ideias e um estímulo à divulgação do pensamento como jamais se vivera antes. Que lucros materiais poderiam trazer em seu bojo? Seu uso aumentaria o público leitor? Valeria a pena investir em editoras? Em empresas jornalísticas? Será que algum dia uma empresa desse tipo poderia vir a gerar lucro?

Havia ainda outros aspectos a considerar. Como esse progresso técnico poderia influenciar uma sociedade como a brasileira? Que efeitos tais novidades eventualmente trariam para a crise de mão de obra que se avizinhava se a escravidão fosse abolida, como parecia prestes a ocorrer? Seria possível que o estímulo a inovações técnicas pudesse colaborar para a solução das novas necessidades que, sem dúvida, em breve se apresentariam? Seria interessante poder dar um passo adiante nessa linha, ir além do simples incentivo à imigração. Como se apresentariam as diferenças de custos dos empregados no quadro urbano ou no rural? Como investir nessas novas oportunidades sem ter de estar pessoalmente à frente de uma usina de maquinaria? Que tentativas embrionárias já haveria no país para a modernização da economia?

Lembrava-se de conversar com o pai sobre o exemplo empreendedor do barão de Mauá, que atuara algumas décadas antes. Mas depois a legislação brasileira passara a dar privilégios especiais a seus concorrentes estrangeiros, enchendo-o de dívidas e levando algumas de suas empresas à falência. E Mauá ainda tivera de pagar o preço de ser contrário à escravidão e distante das elites políticas do país. Mas como estariam as coisas agora? Como ficaria a situação política brasileira no quadro da abolição do cativeiro? E quando essa emancipação se daria? Em que circunstâncias? Que horizonte temporal haveria diante de si, para pensar nos investimentos nessa área e planejar seus próximos passos?

Ah, gostaria muito de poder conversar sobre tudo isso com Quincas, ouvir sua opinião a respeito. Mas agora ele estava longe. E Zizinha não sabia quando se veriam novamente. No último outono, quando ele viera de Washington a Londres e anunciara sua visita a Paris, ela aguardara em vão que ele cumprisse a promessa e aparecesse para ler seu novo drama, como planejara. Tinham sido semanas de espera e adiamentos. No fim, ela acabara mantendo sua viagem à Espanha com Chica. E depois ele sumiu. Não veio nem deu notícias.

Só muito depois ela soube da razão do sumiço e do silêncio, sem dúvida poderosa. Com a morte do senador Nabuco de Araújo, tudo mudara. Quincas teve de voltar apressadamente ao Brasil. E lá teve de assumir compromissos familiares que não lhe permitiam planejar qualquer vinda ao Velho Mundo. Não a curto prazo, pelo menos. Agora concorria a uma cadeira de deputado por Pernambuco nas eleições para o Parlamento. Pelo pouco que conseguia acompanhar, Zizinha percebia que lhe moviam uma campanha contrária cruel e de baixo nível. Zombavam dele, ridicularizavam suas roupas, caçoavam por usar uma pulseira de ouro, acusavam-no de não passar de um ilustre pimpolho metido a dândi. Sabia que ele atravessava momentos duros e estava numa situação difícil, o que a preocupava.

Mas não estava ao alcance dela fazer nada. A não ser sentir saudades. E tocar a vida para a frente.

De imediato, porém, aproveitava a nova ida à Exposição Universal. Dessa vez com Rita, que, ao contrário de Francisca, estava encantada e não escondia que achava uma maravilha tudo o que via. Tinha seu próprio ponto de vista e observava detalhes diferentes, pequenas miudezas que ainda não haviam atraído a atenção de Zizinha:

— Veja só, sinhá. Dentes postiços... Que boa ideia! A velha Cinira ia gostar. Ia poder rir à vontade, dar aquela gargalhada gostosa dela sem se preocupar em cobrir a boca com a mão para esconder a gengiva.

Era verdade. Alguém exibia uma novidade interessante: próteses dentárias de porcelana, tão bem-feitas que pareciam de verdade. E a lembrança da velha Cinira banguela trouxe a Paris, subitamente, uma lufada do cheiro bom da cozinha da Casa da Hera, com seu calor, seu aroma de broa de milho e de café acabado de passar.

Animada, Rita continuava, trazendo mais um personagem da memória, enquanto apontava outra máquina:

— Ai, que novidade boa! Isso ia ajudar muito o Belarmino...

Zizinha demorou a entender do que se tratava: uma máquina capaz de simplificar o trabalho de um homem na bigorna e fabricar cem ferraduras de cavalo por hora. Utilidade assegurada para uma grande cidade, embora provavelmente supérflua em Vassouras. Não haveria mercado consumidor para tanto. Sem dúvida, o ferreiro Belarmino ia apreciar, mas talvez perdesse o emprego por causa do progresso mecânico. Mais uma vez, a moça se surpreendia pensando em como era fundamental garantir educação aos empregados e ex-escravos. O futuro da economia também exigiria instrução para mais gente, preparo técnico para exercer novas funções. Outro assunto a conversar com Quincas, se ele estivesse ali.

Mas nem teve tempo de refletir muito sobre as inseguranças da mão de obra diante do advento das novas tecnologias. Rita já examinava, intrigada, um cartaz que anunciava algo que não entendia, junto a umas folhas de papel com uns relevos e uns instrumentos estranhos. A mucama falava um francês fluente, aprendido no convívio com os outros criados, mas não era capaz de ler. E não conseguira decifrar do que se tratava, apenas olhando o que estava exposto. Seu ar perplexo mostrava curiosidade.

— Estão anunciando um sistema de ler pelo tato — explicou Zizinha. — Com as mãos.

— Ah, não dava para imaginar. Mas para quê?

— Para quem não enxerga. Faz parte de um Movimento pela Melhoria da Condição dos Cegos. As pessoas vão poder passar os dedos no papel e, por essas bolinhas que estão mais altas, saber quais são as palavras escritas.

— Minha Santa Luzia! Tem gente que pensa em tudo neste mundo...

Diante da fila para subir no balão, que não chegou a animar nenhuma das duas para tentar a experiência de ver a cidade de um ponto privilegiado, Rita indagou se dava mesmo para passear naquilo, se era possível ir para onde se quisesse ou só para onde o vento levava.

— Dizem que sim, se o vento não estiver forte. Mas é arriscado. De qualquer maneira, há quem consiga. Foi assim que Gambetta conseguiu escapar ao cerco de Paris para buscar reforços. Você se lembra de ouvir contar essa história logo que chegamos, não?

Rita lembrava bem. Gambetta era famoso, um herói adorado pela população de Paris. Agora estavam falando nele para presidente da República ou primeiro-ministro. Mas logo que elas tinham chegado do Brasil, as memórias da guerra franco-prussiana e da Comuna de Paris ainda estavam bem recentes, aqueles episódios tinham ocorrido menos de três anos antes, e volta e meia alguém contava algum caso do cerco à capital.

Ela nunca acreditara muito naquela história de viajar de balão, mas estava vendo que podia ser verdade. Porém, em todos aqueles relatos, o que mais a impressionara foi saber que, quando houve a Comuna, depois de um longo cerco onde os moradores da cidade morriam de fome e já disputavam ratos para comer, quando afinal os parisienses foram derrotados e as tropas do governo vieram de Versailles para esmagar a resistência da cidade, houve um massacre horroroso. Milhares e milhares de pessoas foram mortas. Nessas lembranças que contavam, um detalhe a impressionara e lhe causara algumas horas de insônia aterrorizada. Foi quando ouviu dizer que, na dúvida sobre os combatentes a liquidar, numa guerra civil em que a ausência de uniformes não permitia saber quem fazia parte do exército adversário, os soldados examinavam as mãos dos moradores. Se tinham calos, era sinal de que eram trabalhadores. Portanto, tinham resistido, eram revoltosos inimigos a exterminar sem piedade.

Ao ouvir esse fato, apavorada, Rita automaticamente fechara as próprias mãos — nem tão calosas assim, já que seu trabalho doméstico junto a Zizinha deixava menos marcas do que as que vira, durante toda a sua vida, nas pessoas que mais amara. Mas a lembrança lhe voltara várias vezes, aproximando as senzalas e o eito, lá do outro lado do oceano, do chão das fábricas e de todo trabalho duro nestas terras frias, fosse de escravo ou não. Entendeu como eram unidos pela mesma condição social. Agora, a visão do balão e o comentário de Zizinha lhe davam um arrepio.

Mas a patroa já mudava de assunto, apontando outra fila:

— Ah, esta, sim, me interessa e hoje não está com muita gente. A espera não deve ser longa. Vamos até lá.

Era uma escultura em metal esverdeado, de uma cabeça imensa, maior do que um prédio alto. Uma cara de mulher com uma coroa de sete raios espetados e os olhos bem abertos. Ao se aproximarem, Rita percebeu que dentro do olhar vazado da estátua havia pessoas que contemplavam o exterior. E a fila que levava até a cabeça era de gente que esperava a vez para subir por uma escada interna e fazer o mesmo.

Entraram na fila. Zizinha explicou que se tratava da cabeça da Estátua da Liberdade, o enorme monumento que a França estava dando de presente aos Estados Unidos. Um braço erguido, com uma tocha na mão, já ficara pronto dois anos antes e fora despachado ao outro lado do oceano, para a Filadélfia, como parte das comemorações do centenário da independência norte-americana. Agora Paris se despedia da cabeça da escultura, a ser também enviada a Nova York dentro em breve. Mas, antes disso, os visitantes da Exposição tinham a oportunidade de subir a escada em espiral no interior do monumento e ver o mundo pelos olhos da Liberdade, tal como elas fariam agora. Prova de que a liberdade tinha cabeça oca, talvez insinuasse um cínico.

Mas, para as duas mulheres que, unidas, contemplavam o mundo de dentro daquela cavidade, outros pensamentos eram quase inevitáveis. Primeiro, a certeza de que elas estavam tendo a oportunidade de ser mais livres do que era de se imaginar, já que circunstâncias diversas haviam deixado mais elásticas as pressões sociais que determinariam seus destinos. Zizinha, pela orfandade e pela herança. Rita, pela alforria de seus pais e sua. Mas, além disso, no fundo cada uma sabia que era uma exceção. A maioria das mulheres continuavam subjugadas à autoridade patriarcal. E a maioria dos descendentes de africanos no Brasil continuava escrava.

Até quando?

16
Rio de Janeiro, 1881

Tinham sido tempos difíceis, reconhecia. Quando viera de Londres em 1878, chamado às pressas devido à morte do senador Nabuco de Araújo, Quincas pedira licença de suas funções como diplomata, imaginando poder voltar logo à Inglaterra. Mas não foi possível. A mudança de planos era inevitável. Cabia a ele, aos irmãos e cunhados a responsabilidade de manter a família, pagar as dívidas e limpar o nome do pai. O senador recebera um pagamento adiantado para fazer o projeto do novo Código Civil do país e morrera sem entregá-lo. A oposição agora cobrava a entrega do trabalho encomendado havia cinco anos, sem que os herdeiros encontrassem o rascunho do estudo, entre pilhas de anotações e esboços prévios. E o tom das críticas e insinuações malévolas subia, à medida que o tempo passava e o documento não aparecia.

Paralelamente, Quincas sabia que era preciso trabalhar. Ganhar a vida, ter com que pagar as despesas correntes. Mas trabalhar em quê?

Embora formado em direito, Quincas não chegara a exercer a profissão. Tinha tido apenas uma causa, anos antes, quando recém-formado. Não é de surpreender que a tivesse perdido, pois tivera a petulância de defender um escravo que assassinara o senhor. Uma ousadia inimaginável em uma sociedade escravocrata: argumentar que uma mercadoria tivera suas razões para agredir e matar seu proprietário. Nada levava a crer que se oferecesse a seus pés uma estrada convidativa no terreno da advocacia. Assim, o caminho natural agora na sua volta ao país seria aproveitar o prestígio e a reverberação da atuação paterna e entrar na política, concorrendo a um lugar no Parlamento, nas eleições de 1878.

Bem que tentou. Mas não foi fácil. As portas não se abriam para ele. Muito pelo contrário. Ridicularizado pela imprensa e pelos adversários, tachado de ausente, estrangeiro, almofadinha e filhinho do papai, sofreu uma dura campanha de seus opositores. Acabou eleito, mas conheceu um lado da realidade eleitoral que não imaginava existir, em sua visão romântica e quase inocente do que deveria ser uma democracia. Teve de enfrentar cartas marcadas, trocas de favores, compras de votos, fraude, virulência verbal, ataques públicos sem escrúpulos. Desapontado pelo choque da realidade e exausto pela hostilidade da campanha, pensou até em desistir.

Depois de uma temporada recolhido em uma praia deserta em Pernambuco, rendeu-se aos fatos. Resolveu ficar no Brasil, assumir seu papel no Parlamento, e se preparar para escrever uma biografia do pai, relembrando ao país e à posteridade a dimensão do senador. Deixaria evidente a todos que um estadista daquela estatura não podia ser menosprezado. Não havia qualquer sentido em permitir que grassassem aquelas insinuações mesquinhas, de que um homem daquele talento e retidão pudesse ter planejado receber pagamento por um trabalho sem pretender entregá-lo. Ao longo de toda a sua vida, demonstrara viver em uma esfera superior, acima de qualquer suspeita. Apenas fora surpreendido pela morte antes de poder alinhavar as notas que tomava, consolidando os estudos profundos que fazia, com o objetivo de dotar o país de um Código Penal de qualidade. O legado de suas anotações meticulosas e brilhantes provava isso, sem qualquer sombra de dúvida. Fazia-se, pois, necessário refrescar a memória da nação a esse respeito e dar ao público a dimensão do papel que desempenhara na História.

De sua parte, o filho agora percebia que os efeitos da orfandade podem variar de um caso para outro. Quando Zizinha ficou órfã, ganhou a liberdade. Já com ele, acontecia o contrário. Ao perder o pai, perdera também a liberdade despreocupada, garantida pela proteção do velho Nabuco de Araújo. Em todos os aspectos. Desde a retaguarda financeira até os esforços repetidos para lhe obter um emprego. Chegara o momento de ir à luta sozinho.

Precisou inventar uma vida nova. A começar pelo nome. Até esse momento era conhecido sobretudo pelos apelidos. Quincas, Quinzinho, Quinquim, Quim. Amplamente conhecido como Quincas, o Belo. Como se fosse um eterno menino mimado que ninguém levava a sério. Tratou de mudar isso. Abandonar os diminutivos. Quis homenagear o pai, ao mesmo tempo que se distinguia dele. Adotou para a vida pública um dos sobrenomes paternos, o Nabuco, mas deixou de lado o Araújo. Como se quisesse mostrar que era filho, e disso muito se orgulhava, mas não era igual ao senador ou seu mero prolongamento. Como os antigos cavaleiros andantes dos romances de cavalaria, iria ele mesmo fazer seu próprio nome, Joaquim Nabuco, à medida que enfrentasse desafios e se saísse bem na execução de proezas perigosas.

A escolha talvez também se explicasse porque não abandonava o sonho de um dia viver no exterior. A essa altura já percebera que em países que falam outras línguas poderia ser muito difícil pronunciar o sobrenome *Araújo*. Entre divertido e levemente magoado, até comentara certa vez com Zizinha:

— Dizem coisas como *arrojô, araurro* ou *arauio*, dependendo de que língua falam, se é francês, espanhol ou italiano.

Nessa área internacional, um observador mais irônico poderia ainda sugerir outra hipótese a se somar, nas razões da escolha do novo nome. Talvez, por coincidência, também o nome Nabuco tivesse uma ressonância muito positiva no exterior, naquela época, devido à celebridade de um compositor italiano.

Giuseppe Verdi tinha feito muito sucesso, alguns anos antes, com a estreia de uma ópera magistral chamada *Nabucco*. A história se passava nos tempos do rei Nabucodonosor, na Babilônia. Mas trazia uma cena grandiosa, inesquecível, que comovia as plateias europeias: um sublime coro de escravos hebreus, lamentando a perda da pátria e da liberdade. Costumava ser ovacionada entre lágrimas em todas as apresentações, associada a uma manifestação política pela independência da Itália diante da ocupação austríaca. Porém também poderia facilmente se transformar e ser vista como um símbolo da luta pela abolição da escravatura em geral, em qualquer tempo e lugar. Era uma boa marca. Tão boa que, pela vida afora, o ex-líbris que Nabuco adotou e usava em todos os volumes de sua biblioteca tinha o desenho de um daqueles imponentes leões alados da Babilônia, com cara de rei barbudo. É bem possível que ele quisesse evocar algum eco desse sucesso de Verdi, o *Nabucco* que a Europa toda conhecia e aplaudia.

Escolha consciente ou coincidência, era sem dúvida uma marca de forte valor simbólico. E Joaquim Nabuco tinha todo o direito a ela nessa etapa pública que estava a inaugurar em sua vida: afinal de contas, era o nome de família de seu pai.

A primeira missão que Joaquim Nabuco tomou para si, então, seria recuperar a grandeza do senador Nabuco de Araújo. Trataria, antes de mais nada, de consolidar o legado paterno e valorizá-lo, situando-o em seu tempo e lançando luz sobre a contribuição que dera ao país. Paralelamente, como filho, precisava estar à altura do exemplo e fazer boa figura no Parlamento. Depois, decidiria que passos dar em seguida, num projeto a mais longo prazo. Mandou buscar a bagagem que deixara em Londres e foi em frente na nova vida.

Para começar, estudou as questões que considerou importantes, lendo os anais parlamentares e os registros das decisões ministeriais, bem como as obras dos políticos que o precederam. Aprofundou-se no conhecimento dos problemas que detectava na sociedade e passou a fundamentar bem suas opiniões, sobretudo no que se referia à modernização econômica da nação e à necessidade de reforma política e eleitoral. Temperou seu natural poder sedutor, de dândi, com a observação inteligente dos políticos à sua volta e desenvolveu um estilo próprio de oratória que fez muito sucesso. Aproveitava seu carisma natural, seu porte marcante, sua voz agradável que podia modular com habilidade, deslizando com fluência do tom dramático ao zombeteiro. Foi começando a chamar a atenção — e a atrair as críticas dos conservadores. Ao mesmo tempo, ligava-se aos melhores nomes de sua geração, defendendo uma reforma judiciária, o equilíbrio fiscal, a ampliação do direito de voto, a reforma do ensino, a separação entre Igreja e Estado, a defesa do direito de eleição para não católicos. Seu progressismo chegava a ponto de propor a taxação de mosteiros e conventos. Não é de admirar que, cada vez mais, fosse se convencendo de que a exclusão do eleitorado, os problemas econômicos e todo o atraso da nação tinham a ver diretamente com aquilo que corroía por inteiro a estrutura social do país: a existência da escravidão. Passou a se concentrar na necessidade de acabar com ela.

Não foi o único nesse campo, claro. Sucessivos países vinham abolindo o cativeiro. O debate sobre o assunto no Brasil estava aceso havia décadas. Várias leis já limitavam a escravatura. Desde 1860 era proibida a entrada de novos cativos no país. Em 1871, decretara-se que os filhos de escravos eram livres. Mas tudo era sempre muito lento, gradativo, cercado de restrições. Falava-se em indenização para os senhores. Só alguns poucos radicais sugeriam que o governo libertasse seus escravos sem compensações aos proprietários, mas dando aos recém-libertos terras, gado, equipamentos. Nabuco não estava entre eles, nesse momento. Ainda moderado, de início alinhava-se entre os emancipadores, não exatamente entre os abolicionistas: concordava com indenizações aos antigos donos, por exemplo, a pretexto de evitar danos irreparáveis à economia nacional.

Mas insistente, vigilante, aos poucos foi subindo o tom das denúncias nas manifestações públicas. E ia muito além da simples condenação moral e humanitária do cativeiro. Associava essa mancha com a situação fundiária, vendo a relação entre mão de obra escrava e latifúndio. Acrescentou uma análise objetiva e racional à sua memória afetiva do convívio com os cativos no engenho de sua infância. Passou a denunciar a escravidão como uma herança colonial, parte intrínseca de um arcabouço social do país que não podia mais ser tolerado.

Nessa legislatura de 1879, Nabuco retomou a defesa de algumas dessas teses de conquistas gradativas, enquanto não se chegava à abolição completa. Propôs que se proibisse o tráfico de escravos entre as províncias, e se instituísse um imposto especial para as terras às margens de ferrovias, de modo a criar um fundo para o apoio à colonização rural por imigrantes. Sugeriu também que se incentivasse a pequena propriedade, com redistribuição de terras. Outras propostas suas buscavam garantir aos ex-escravos um ganho equivalente ao dos brancos, bem como educação para suas famílias.

Aos poucos, foi ficando conhecido. De longe, entre encontros com financistas e em meio a suas operações na Bolsa de Paris ou Londres, de quando em quando Zizinha tinha notícia de seu brilho, da sedução de sua figura e seus discursos, das críticas que recebia, dos elogios que o cobriam, das paixões que despertava. Quincas, querido Quincas, perdido na distância. Será que algum dia tornariam a se acercar?

Mas houve um episódio que fez Nabuco se aproximar de Londres. Descobrira que, em São João del Rei, o contrato da mina de Morro Velho com seus proprietários ingleses estipulava um prazo ao fim do qual seus quase quatrocentos escravos deveriam ser libertados. O prazo se esgotara havia vinte anos e nenhuma providência nesse sentido fora tomada. Os trabalhadores continuavam na mesma condição de cativos. Chocado com o fato e disposto a que não se admitisse tal desfaçatez na quebra de um contrato assinado, o jovem deputado não hesitou em denunciar o abuso. Levantou com paixão essa causa, cobrando do governo que exigisse dos ingleses o cumprimento do acordo e os punisse pela desobediência. Suas palavras caíram no vazio. Ninguém tomou conhecimento. Ninguém se mexeu. Era como se o fato não existisse nem houvesse sido denunciado. Ele insistiu. O caso repercutiu na imprensa europeia e acabou chegando ao conhecimento da British and Foreign Anti-Slavery Society em Londres. Os abolicionistas londrinos então escreveram ao jovem deputado, cumprimentando-o com elogios e agradecimentos. Começaram a se corresponder com regularidade. A essa altura, ele já não era mais um jovem diplomata licenciado de seu posto, pois tivera de pedir demissão. Mas passava agora a ter um novo canal de atuação que o ligava à Inglaterra. E reiterava sua posição em sucessivos discursos, fiel ao que prometera na própria tribuna parlamentar:

— Devo desde já anunciar o solene compromisso que tenho de, enquanto ocupar um lugar de representação nacional, procurar por todos os meios apressar a hora da emancipação dos escravos.

Dentro do próprio partido, Nabuco lutava para pôr a questão em pauta e insistia na importância da formação de uma consciência emancipadora. Apresentava na Câmara projetos que tinham âmbito restrito mas apontavam a direção certa e davam estímulos simbólicos à abolição: proibição de anúncios de vendas de escravos nos jornais, concessão de títulos de nobreza para fazendeiros que alforriassem os cativos, proibição de castigos corporais, educação primária para os escravos, folga semanal, domicílio próprio para a família, alforria compulsória daqueles cujo preço fosse pago por terceiros, subsídio governamental a sociedades emancipadoras que comprariam essas cartas de alforria, e uma série de outras medidas.

Dessa forma, enfrentava os poderosos cafeicultores, entre os quais se destacava a família de Zizinha. Para grande irritação de todos eles, reiterava com veemência:

— O Brasil é alguma coisa mais do que um grande mercado de café.

E insistia na urgência da votação daquilo que realmente defendia, sem meias medidas:

— A completa extinção da escravidão no Brasil.

A imprensa o acusava de querer se exibir para o exterior. Ou de buscar a fama para compensar o desapontamento por não ter conseguido casar com uma mulher rica.

Do outro lado do Atlântico, a mulher rica ficava cada vez mais rica. Atuando diretamente na Bolsa de Paris e na de Londres, Zizinha administrava seu patrimônio com competência e multiplicava o que herdara. Era adulada, cortejada, elogiada nos salões parisienses. Tinha dezenas de pretendentes. Mas, como Quincas, também não se casara com mais ninguém.

Ao sul do equador, o homem público ficava cada vez mais conhecido. Aliou-se a José do Patrocínio, um brilhante jornalista negro, e mantinham elevada a temperatura do debate, em candentes artigos pela imprensa. Fez uma fértil parceria com André Rebouças, mulato abolicionista filho de um político liberal, e juntos fundaram a Sociedade Brasileira contra a Escravidão, em 1880.

André era um articulador hábil e muito inteligente, um estudioso de grande capacidade. Nabuco trazia o poder de sua imagem carismática em ascensão e sua experiência internacional. Passaram a organizar comícios, meetings, séries de "conferências emancipatórias" — quase cinquenta em um único ano. Lançaram a moda política dos debates públicos, como os que Quincas conhecera ao morar nos Estados Unidos, absoluta novidade em terras brasileiras na época. Reuniam artistas consagrados e visitantes estrangeiros importantes para defender seus pontos de vista libertadores. Apoiavam toda essa discussão com a publicação de panfletos e jornais, como *O Abolicionista*, contribuindo para aglutinar os simpatizantes da causa em torno a análises que aos poucos se aprofundavam e iam chegando a conclusões irrefutáveis. Como exprimia Nabuco com clareza:

— O trabalho escravo é a causa única do atraso industrial e econômico do país. O nosso território está coberto de latifúndios, onde da casa senhorial saem as ordens para o governo das centenas de animais humanos que enriquecem o proprietário.

Desde sua volta ao Brasil, o nome de Joaquim Nabuco fora se tornando cada vez mais conhecido. Ora moderado, ora incendiário, foi aos poucos conquistando o amor do público. Em 1880, resolveu, então, aproveitar as férias de verão e o recesso parlamentar para viajar com um amigo e ir buscar mais apoio no exterior para o projeto da abolição.

Desejava articular-se com grupos e associações antiescravistas internacionais que pudessem dar repercussão à luta e trazer um suporte eficiente à causa. Talvez até para fundar um partido abolicionista, para o qual afirmava:

— Necessitamos de apoio estrangeiro por falta de base em nossa pátria.

Seus planos?

— Ir passar uns seis meses em Londres...

Mas confessava:

— Ele, para estudar. Eu para primeiro matar saudades.

Justificava a decisão argumentando politicamente, recorrendo à necessidade de contatos e de uma perspectiva mais ampla:

— Vou ver a escravidão de longe, de fora de sua atmosfera empestada.

Quando alguém tentava lhe ponderar que seu tom estava ficando muito extremado e radical, e com isso estava perdendo apoios até em seu próprio partido, ameaçando sua própria carreira futura, respondia com disposição reafirmada:

— Na convicção de que é preciso caminhar mais, eu me separaria de tudo e de todos. Neste ponto, faço uma aliança com o futuro!

Ao partir, deixou um documento que fazia um balanço da situação, tal como a via no momento. Entre outras coisas, afirmava, sem meias medidas nem qualquer preocupação em poupar os familiares de Zizinha:

— O fato de serem os nossos adversários os homens ricos do país, os representantes do feudalismo que os cobre, os donos da terra, em suma, faz com que eles pareçam a maioria, quando são apenas uma fração, cuja força provém exatamente do monopólio do trabalho que adquiriram por meio da escravidão. A prova está em que, senhores dos bancos e dos capitais disponíveis do país, possuidores do solo, contando com a magistratura, que é uma classe conservadora, com a cumplicidade do comércio e com todos os recursos que dá o dinheiro num país pobre, e onde as classes educadas são as mais dependentes de todas, eles não podem abafar a voz da opinião, não podem impedir que aos olhos do país, assim como do mundo inteiro, a escravidão, que os enriquece, seja considerada como realmente é: o mais monstruoso agregado de crimes que jamais existiu no mundo, uma forma apenas mais civilizada do canibalismo selvagem.

Na Europa, fez conferências e contatos, deu entrevistas, encontrou líderes políticos. Mostrou-se a intelectuais e ao grande público e trocou ideias em Portugal, na Espanha, na França. Visitou amigos e amigas. Reencontrou flertes antigos. Mas não foi ainda dessa vez que ele e Zizinha resolveram sua situação, sempre sujeita a idas e vindas.

Imbuído do entusiasmo pelos contatos com os abolicionistas ingleses, chegou a ponto de recusar um convite do barão de Penedo para passar férias com a família no sul da França:

— Em Londres posso fazer mais pela causa do que sob os laranjais do Mediterrâneo.

Mas chegou a hora de voltar ao Brasil. Talvez um pouco tarde.

Nova campanha eleitoral estava nas ruas. Nabuco teria de concorrer ao pleito no fim desse ano de 1881. André Rebouças estava cuidando disso sozinho, num esforço publicitário. Garantia repercussão à viagem do amigo e companheiro de luta, amplificando junto ao eleitorado brasileiro tudo o que ele fazia lá fora. Porém as chefias partidárias não prestigiaram Nabuco, o que dificultava sua situação eleitoral. Ele era rebelde demais, não conciliava, não conchavava nos bastidores do partido, não transigia na questão do abolicionismo. As urnas o derrotaram. E não foi o único perdedor. Ao mesmo tempo, o novo gabinete trazia novamente os escravocratas ao poder.

Esses meses de temporada brasileira e campanha eleitoral lhe pareceram inúteis, perda de tempo, e se via imobilizado, dando murro em ponta de faca. Ao findar o ano, em movimento pendular, sempre para lá e para cá, Nabuco se preparava para, uma vez mais, deixar o Brasil. Convencido de que não fora feito para a política e sua atmosfera de ódios e paixões, planejava ir embora por um bom tempo para o exterior, dedicado a escrever a biografia do pai e mais um livro sobre abolicionismo. O plano era trabalhar, estudar, aprender e se dar uma chance de viver uma longa estada em Londres, nas vizinhanças da Paris de Zizinha.

Mais maduro, dessa vez procurara emprego no exterior em alguma empresa privada, num exílio voluntário, sem recorrer a nomeações oficiais — que poderia obter, se recuasse de suas posições incômodas e se mostrasse mais dócil e maleável. Alguns amigos achavam que essa escolha de se afastar seria um suicídio político e o aconselharam a ficar, aceitar um cargo público qualquer com a ajuda de correligionários. Algo que lhe permitisse estar por perto e se manter em evidência, enquanto as arestas e áreas de atrito diminuíam. Ele discordava. Reiterava:

— Só tenho atualmente uma tarefa, uma aspiração, um fim na vida: libertar o nosso povo da escravidão.

Achava que, para manter a imagem que já tinha no país, precisaria sair, sem aceitar qualquer oferta de compensação ou prêmio de consolação.

— Não posso aceitar emprego público sem perder minha liberdade de ação — explicava ele, ao rejeitar qualquer forma de cooptação. — Só me resta tentar a vida pelo trabalho.

Tanto insistiu que acabou conseguindo um lugar sem arranjos políticos nem dependência de partidos, como correspondente de um jornal brasileiro no exterior. Mal pago, sobretudo para os padrões a que estava acostumado. Mas independente, até certo ponto. Pelo menos, no que se referia a vínculos oficiais.

Agradeceu a ajuda do barão de Penedo nos contatos necessários à obtenção daquele emprego:

— Um grande sonho de minha vida vai ser realizado: o de viver em Londres livremente sem prazo de residência, sem medo de remoção.

Reconhecia não se sentir à vontade no ambiente nacional brasileiro daquele momento, que obrigava a fazer política de um modo tão viciado. Achava que o país estava doente, sem vontade nem coragem para tentar se curar:

— O caráter, o escrúpulo, a independência, o patriotismo, tudo isso não vale nada nisso que entre nós chamam de política. Não tem curso entre os eleitores. Triste e infeliz nação, onde a escravidão tem triunfos aos quais todo mundo se associa com alegria selvagem.

Mesmo despreparado para ganhar a vida com o suor de seu rosto, sem dever favores, foi essa sua opção. Fez a escolha que a tantos parecia difícil.

Ainda não tinha noção da realidade que o esperava. Iria se obrigar a uma rotina, tentar satisfazer um chefe exigente que não o via com simpatia, fazer malabarismos para conciliar seus vencimentos com a manutenção mínima de algo próximo ao nível de vida a que estava habituado. Mas era o preço que se dispunha a pagar, para não abrir mão de sua dignidade nem da causa a que cada vez se dedicava mais.

Despediu-se dos amigos, anunciando publicamente:

— Sinto não poder servir a emancipação de outra forma senão renunciando a tudo o que a escravidão atualmente oferece aos que transigem com ela: as posições políticas, a estima social, o respeito público.

17
Paris, 1882

Rita estava acostumada a ver a patroa passar horas diante da escrivaninha às voltas com a correspondência. Desde que haviam chegado à Europa e se instalado, ainda na outra casa, essa era a rotina, que Zizinha não gostava de ver interrompida.

— Preciso trabalhar — explicava ela.

Podia não ser uma jornada de trabalho como as que Rita se acostumara a ver desde criança, na chácara, nas diversas ocupações que faziam a Casa da Hera respirar. Ou na labuta árdua que garantia o funcionamento das oficinas e lojas da cidade de Vassouras, das lavouras em volta, de todas as fazendas da região. O trabalho de Zizinha não fazia suar nem deixava as mãos calosas. Mas a mucama tinha de reconhecer que a patroa levava aquilo a sério, concentrada, todos os dias, na saleta que lhe servia de escritório.

O horário era bastante flexível, dependendo da hora em que se levantava. Podia variar, se na véspera as irmãs tinham se recolhido cedo ou ido dormir tarde devido a um sarau, um jantar ou uma ida à ópera. Mas a rotina era a mesma.

Depois de acordar, ler os jornais à mesa do café da manhã e dedicar um bom tempo a sua toalete, Zizinha se sentava diante da escrivaninha e lá ficava durante horas, lendo e escrevendo. Às vezes, o dia inteiro, só parando para as refeições. Primeiro, recolhia na salva de prata toda a correspondência recebida desde a jornada da véspera. Tomava uma elegante espátula de prata com cabo de marfim e abria com cuidado as cartas, convites e bilhetes recebidos. Passava os olhos rapidamente pelo conteúdo de cada envelope e separava tudo em pilhas diversas. Só então começava a dar atenção individual a cada um daqueles escritos, lendo as folhas com vagar, relendo quando fosse o caso, anotando alguma coisa em um bloco de papel.

Em seguida, tratava logo de responder ao que considerasse mais urgente. Molhando cuidadosamente a pena na tinta do tinteiro de cristal com tampo de prata (que Rita tinha o cuidado diário de deixar abastecido), escrevia com sua caligrafia firme e decidida, tão bem treinada na escola da madame Greviet. Linha a linha, em paralelas perfeitas, sem borrões, as letras levemente inclinadas para a direita iam enchendo as folhas adornadas com seu bem traçado monograma de maiúsculas sinuosas e entrelaçadas — ETL.

Ao acabar, para secar o excesso de tinta, Zizinha lançava com delicadeza sobre o papel um pouco da fina areia a isso destinada, igualmente guardada em um recipiente de cristal com tampo de prata, que fazia jogo com o tinteiro e a caixinha onde ficavam as penas. Deixava para depois o momento de enfrentar com mais calma os assuntos que exigiriam mais tempo, reflexão posterior ou alguma providência prévia. Só ela mesma podia julgar cada um desses casos. No máximo, trocava alguma ideia com Francisca quando estavam a sós. Isso a criada não acompanhava. Mas sabia que aquelas conversas eram sérias.

O momento a elas dedicado não devia ser interrompido para consultas fúteis ou comentários sem importância. Exigia atenção concentrada e tinha a ver com ganhar dinheiro e pagar contas. Esse tempo é que assegurava que as irmãs mantinham em ordem a riqueza que lhes permitia levar a vida que levavam, mesmo sem nenhum homem na família. A mucama imaginava que devia ser alguma coisa assim, do mesmo tipo de responsabilidade, o que os senhores faziam em seus trabalhos em escritórios, bancos, gabinetes. Aqueles sacrossantos espaços masculinos onde nunca entrara e que eram sempre mencionados com respeito.

Bem que Rita já ouvira amigos da sinhazinha sugerirem a necessidade de que ela recorresse a alguma ajuda para essas tarefas. Sugestões sempre recusadas. O único auxílio que ela pedia sempre, e já virara rotina, era com o correio. Depois de dobradas as folhas e guardada a correspondência nos envelopes, era Rita quem os fechava e neles colava os selos. Em geral, umas quarenta cartas todo dia, nunca menos de trinta. Depois, era também a mucama quem se encarregava de que fossem postas no correio.

No mais, Zizinha fazia questão de fazer tudo por si só: acompanhar a movimentação financeira dos mercados, ler com atenção todos os noticiários, dar instruções a seus representantes em Londres ou Paris, cobrar providências de seus procuradores, enviar detalhadas recomendações aos empregados que mantinham a Casa da Hera em funcionamento em Vassouras.

Algumas vezes, ia pessoalmente ao salão da Bolsa. De início, a presença feminina inusitada causara controvérsia no recinto. Houve quem torcesse o nariz àquela novidade. Nunca se vira uma mulher por lá, participando ativamente daquela maneira. Lugares públicos não eram adequados a mulheres, segundo a opinião geral. As poucas que, movidas pela curiosidade de conhecer o que se passava neles, haviam se aventurado a incursões nesses locais, como Flora Tristan na Câmara dos Comuns em Londres ou George Sand na Assembleia Legislativa em Paris, o fizeram em trajes masculinos e disfarçadas de homem. Ou não foram reconhecidas, ou os guardas fizeram vista grossa. E só daí a poucos anos as primeiras advogadas seriam admitidas em tribunais.

Mas uma mulher rica, elegante e bela, vestida na última moda e por grandes costureiros, a gerir seus próprios negócios em plena Bolsa de Valores? Jamais se soubera de algo semelhante. Um espanto. Alvo de todos os comentários. Nem se sabia o que fazer diante de uma situação dessas. Seria possível simplesmente impedi-la de entrar? Ou o aconselhável seria fazê-la se sentir tão deslocada que nunca mais se aventurasse a voltar?

Aos poucos, a surpresa foi se transformando em admiração. A bela dama sabia bem o que fazia. E, se muitos não deixavam de mostrar sua insatisfação ostensiva com a novidade, outros financistas e corretores, em atitude mais amena e gentil, se aproximavam para cumprimentá-la, conversar, trocar impressões.

Zizinha gostava dessas ocasiões, que lhe permitiam acompanhar de perto as oscilações dos papéis e sentir a pulsação dos negócios pelo mundo. Em algumas dessas oportunidades, a sinhazinha brasileira cruzou seus caminhos com um corretor de sucesso, que operava na Bolsa de Paris nesse momento. Era jovem e muito competente, ainda que ocasionalmente quase ríspido em seus modos abruptos, sinal de uma energia forte e mal contida. Chamava-se Paul. Aos poucos, foram descobrindo outras afinidades, além do acompanhamento atento do movimento de títulos e ações.

O rapaz era descendente de peruanos pelo lado materno e, em criança, tinha até vivido alguns anos no Peru, de onde guardava lembranças coloridas e afetivas que irrompiam quando menos se esperava. Mal saído da adolescência, aos dezessete anos, atraído pelo desconhecido e pelo sonho de talvez encontrar imaginados paraísos em mundos exóticos, tinha se engajado como marinheiro num navio mercante e navegado pelos mares afora. Conhecia o Rio de Janeiro, onde fizera escala em uma viagem, e falava com entusiasmo de sua gente e das paisagens exuberantes. Como se não bastasse, mencionara histórias de uma avó que fora uma mulher muito avançada para seu tempo. Militante socialista, ativista operária, atuante na política. Ninguém menos que a própria Flora Tristan. Talvez por isso o pioneirismo de Zizinha o interessasse de modo particular.

O corretor tinha também um atrativo extra para os interesses de Zizinha nesse momento. Às voltas com a decoração da nova residência para onde se mudara havia pouco tempo, ela dedicava grande parte de seu tempo a percorrer antiquários e negociantes de obras de arte, em busca de objetos, tapetes, quadros e esculturas para embelezar seus aposentos. Ele, por sua vez, também se interessava muito por esse ramo e não se furtava a lhe dar conselhos e uma orientação segura. Na verdade, aos poucos, tinha se transformado um pouco em colecionador, sobretudo de obras de pintura, e gostava de dar palpites e conversar com ela sobre novos criadores ainda desconhecidos nesse mundo, ou que estavam apenas começando a firmar suas reputações. Conhecia muitos deles e os frequentava em seus ateliês ou nos bares onde se reuniam. Entusiasmado, estava até começando a pintar, ele mesmo a caminho de se converter em artista e fazer seu nome como pintor profissional. Seus gostos, porém, eram irreverentes demais para a sensibilidade da moça. Quase a chocavam. Basta dizer que, três anos antes, chegara a exibir seus trabalhos na Quarta Exposição Impressionista, ao lado de tantos outros jovens que pintavam como se jogassem borrões difusos sobre a tela. De qualquer modo, era um tipo interessante, esse senhor Paul Gauguin. Mas não o suficiente para que a neta da baronesa de Campo Belo confiasse a ele a administração de seus negócios na Bolsa de Paris. Preferia cuidar disso ela mesma.

 Tinha prazer nessas idas à Bolsa. Muitas vezes, para executar decisões que tinha ponderado e tomado a partir de informações colhidas em encontros e conversas, talvez de aparência frívola ou superficial, nos compromissos mundanos que eventualmente a ocupavam e onde ela sempre brilhava.

 Aliás, Rita gostava de ajudar a patroa a se preparar para essas saídas, a festas, saraus ou ao teatro. Dava-lhe gosto ver sua sinhazinha se mostrar tão bonita, a atrair todos os olhares. Dava também muito trabalho. Não apenas os cuidados de todo dia, desde lhe engraxar os sapatos e passar a ferro com capricho cada babado ou renda ou lhe atar bem segura a anquinha e apertar bem o espartilho para acentuar a cinturinha de vespa. A toalete dos dias de festa incluía também a requintada elaboração do penteado, prendendo os cabelos no alto da cabeça, e não apenas, como sempre, o chapeuzinho na melhor posição — item do vestuário que Zizinha adorava. Tinha uma coleção deles, que emolduravam sua beleza e lhe davam um ar ora mais elegante, ora brincalhão, ora solene, ora provocador. Eram escolhidos de acordo com a ocasião, a hora, e o vestido que deveriam completar. De aparência discreta, se eram para ser vistos em um salão de chá, um grande magazine ou uma circulada pelo parque com a irmã e a criada numa tarde de verão. Mas eram trajes magníficos, sempre. Um trazia sobressaias cheias de babados, que ela elegantemente tomava da mão direita ao caminhar, levantando a barra um pouquinho para não lhe atrapalhar os passos. Outro se impunha em seu veludo pesado, a destacar a riqueza dos broches ou das rendas da blusa interior. Outro, leve para esvoaçar num salão de baile, alteava-lhe o busto num decote em taça tentadora. Todos tinham o desenho e o corte das melhores modistas ou de Charles Worth, o costureiro exclusivo que revolucionava a alta moda em Paris e embelezava a aristocracia. Completavam-se com as requintadas luvas de pelica ou camurça, um refinado leque manejado com arte, os delicados sapatos ou botinas sob medida que se revelavam ao subir no estribo de um coche, a indispensável sombrinha sofisticada para proteger a pele do sol.

Por ocasião dos grandes eventos, havia também o cuidado com as joias, enfeites que iam muito além de uma singela flor ou uma simples fitilha de veludo com um camafeu com que se adornava a maioria das mulheres. As de Zizinha eram tão magníficas que logo se destacaram em Paris e tornaram famosa *La Brésilienne*, cujos diamantes todos queriam ver.

O que ninguém sabia é que os preciosos brilhantes não eram só displicentemente salpicados aqui e ali, como parecia, ou presos com um grampo em seus engastes sobre o penteado, nem apenas repousavam docemente sobre o tecido. Eram todos costurados com firmeza, um a um, sobre as roupas e nos cabelos, a cada saída — um trabalho caprichoso e delicado que cabia a Rita e a enchia de orgulho. A não ser no caso de brincos e colares que enfeitavam as orelhas bem desenhadas ou o colo magnífico, ressaltado por decotes artisticamente modelados. Para esses, uma série de fechos sucessivos reforçava a segurança. Zizinha saía para brilhar — mas não descuidava do sentido de realidade, que tanto a fazia proteger suas joias quanto a ensinava a conduzir conversas com financistas, políticos e industriais de modo a deles extrair informações preciosas para seus negócios.

À sua maneira, estava sempre trabalhando. Rita tomava conhecimento disso por meio dos comentários de Francisca mais tarde, depois da festa.

Chica costumava ser meio zombeteira com a irmã em quase todas as ocasiões, mas dava para ver que nessas horas estava orgulhosa dela, de sua capacidade de se movimentar com tanta competência naquele mundo masculino. Por reconhecer essa qualidade, entendia que Zizinha não levasse a sério as eventuais sugestões de delegar a alguém o controle e a administração de seus negócios.

Francisca confiava nela. A irmã mais moça decidia por ambas. Embrenhara-se a fundo no mundo das ações e dos títulos. Na maioria das vezes, fazia como gostava, ao ir pessoalmente ao recinto da Bolsa ou a suas antessalas para negociar, tanto em Paris quanto em Londres. Outras vezes, enviava representantes, com ordens claras e expressas. Tinha opiniões bem fundamentadas sobre política e economia, acompanhava as novidades tecnológicas. Correspondia-se com banqueiros e financistas. Na medida do possível, aprendera a distinguir informações confiáveis das que lhe pareciam ser apenas rumores plantados para servir a interesses de alguns. Gostava de ousar, mas não se arriscava sem base. Farejava bons negócios em terras distantes — na Ásia, na África, na Rússia. E a eles se lançava com segurança. Mas não abria mão de um acompanhamento constante de seu desempenho, atenta e vigilante.

Rita gostava de ver como era grande esse mundo, mesmo quando era a própria Zizinha quem fechava e selava os envelopes que entregava à criada para serem despachados no correio, com instruções a corretores e procuradores. Alguns, para admiração do funcionário do guichê ao lhe vender os selos na *Poste*, para lugares de que nunca ouvira falar. Era bonito ver como a sinhazinha levava a sério esse trabalho, sem deixar que a correspondência se acumulasse. A tarefa completava a leitura atenta dos jornais e dos tantos telegramas que lhe chegavam diariamente com notícias de seus negócios.

Muitas vezes, também, entre os envelopes a serem postados havia cartas para o Brasil. Nesses casos, não era raro que Zizinha fizesse algum comentário sobre o que lia ou escrevia, enquanto Rita se movimentava em volta, ajeitando algum detalhe no aposento ou cuidando de alguma costura, sempre a postos para atender a um pedido repentino e ajudar no que fosse necessário.

Nessas ocasiões, às vezes falavam de Vassouras. Era a hora da saudade de casa. Meio disfarçada, mas presente. Nem que fosse num comentário passageiro.

— No palacete onde houve o baile de ontem havia uma estufa belíssima, Rita, cheia de plantas de climas mais quentes. Ias gostar de ver, aposto. Fiquei olhando uma begônia toda florida, pelo meio de umas palmeirinhas. Parecia uma nuvem cor-de-rosa, esvoaçando, leve, sobre grandes folhas prateadas. Lembrei-me do nosso jardim lá de casa. Preciso ter notícias dele... Há algum tempo que o Ramiro não me diz nada sobre os canteiros laterais.

Outras vezes, Zizinha queria conferir se as portas de vidro das estantes da Casa da Hera estavam sendo rotineiramente abertas para ventilação, como recomendara ao partir. Reiterava ordens para que os livros fossem tirados com frequência das prateleiras, para serem examinados em sua encadernação e assegurar que não havia ameaça de traças ou cupins. Precisavam da proteção que lhes davam as portas de vidro das estantes, mas também necessitavam de aeração, e de que sol e óleo de peroba garantissem a boa conservação da madeira. Sabia quanto uma biblioteca como aquela era valiosa, e quanto amor herdara do pai por aquelas obras que tanto a marcaram.

Em outras ocasiões, falava com saudades das pessoas. Não dos parentes próximos, do tio barão tão autoritário, da tia tão submissa, dos primos tão interesseiros. Decidira cortar de si para sempre essas memórias, sem ressentimento mas com determinação. Mas se lembrava dos mortos — da mãe, do pai, da avó, do irmão que se fora tão cedo. De uns poucos primos pelo lado materno. Dos empregados da casa, de tipos populares da cidade. E de vizinhos, de amigos, de certos parentes distantes. Alguns até que não tinha conhecido, mas eram lendários na família, e lhe haviam chegado em relatos talvez mitificados, mas repetidos como exemplos de transgressão ou de iniciativa.

— Tem vezes que eu acho que puxei ao meu tio-avô, nessa disposição de enfrentar os parentes. Já ouviste falar no barão de Tinguá, Rita? Era tio de minha mãe.

— Claro, sinhá. Não é aquele que casou com a escrava Laura? Quem não ouviu falar dele em todo o vale do Paraíba?

— Casou, não. Ficou solteiro a vida toda, que casar não deixaram. Nem a igreja quis abençoar. Mas alforriou a escrava, viveu com ela e só com ela, foi fiel a vida toda. Tiveram cinco filhos, todos reconhecidos por ele, alforriados ao nascer, e herdeiros de seus bens. Uma afronta, todo mundo dizia. Mas nem por isso o barão deixou de receber e hospedar o imperador, quando Dom Pedro foi a Vassouras.

Rita também ouvira contar que entre os bens do barão de Tinguá havia vários escravos, parte da herança que seus filhos alforriados receberam e mantiveram. Mas achou melhor não falar nisso. Certos assuntos podiam parecer impertinentes. Preferiu trazer outra lembrança de uma história da região:

— Minha mãe me contava essa história quando eu era pequena. E contava também uma outra que me deixava muito impressionada, e que deve ser mais ou menos da mesma época, mas não aconteceu em Vassouras, foi em Paty do Alferes. A sinhá já ouviu falar em Manoel Congo?

— Vagamente. Lembro do nome, mas não sei muito bem quem era. Um escravo fujão, não era?

— Isso mesmo. Foi antes da gente nascer. Minha mãe era criança. Ela contava que tinha uns dez anos quando trouxeram Manoel Congo para ser enforcado em Vassouras, e ela assistiu. Viu tudinho. Foi feriado. Todas as fazendas dali de perto no Vale pararam o trabalho, para as pessoas poderem ir assistir. Acho que os fazendeiros queriam que todo mundo visse e não esquecesse nunca mais, que ficassem assim que nem minha mãe: a vida toda contando e recontando para os filhos e os netos, para dar medo e servir de exemplo. Até a gente chegar hoje aqui em Paris, tão longe, atravessando o mar, e ainda falar nisso. Acho que foi a última vez que enforcaram alguém em Vassouras.

— Mas também sempre teve muito escravo fujão que não foi enforcado. Até mesmo porque não era bom negócio: a morte de um escravo dava prejuízo ao senhor.

— É que ele não foi só um fujão. Ele chefiou um bando e organizou a fuga de muitos escravos, de muitas fazendas: da Freguesia, da Maravilha, de uma porção de outras terras que eu nem sei o nome. Estava tudo combinado. Fugiram nos mesmos dias, parece que eram pra mais de quinhentos. Escravos do eito e de dentro das casas, homens e mulheres, moços e velhos, gente capaz de fazer coisas diferentes. Tinha ferreiro como Manoel Congo, que chefiava tudo, mas tinha também lavrador, caçador, carpinteiro... Arrombaram paióis, levaram mantimentos, armas, ferramentas. Foi tudo para o mato. Iam fundar um quilombo. No começo ninguém conseguiu pegar eles, nem com um monte de capitão do mato, com cachorro, procurando pista. Mas depois veio tropa da capital, com coronel e tudo. Aí, não teve jeito. Pegaram todo mundo, mataram quem resistiu mais, devolveram os outros aos donos. E trouxeram Manoel Congo pra ser enforcado na praça de Vassouras, pra todo mundo ver e aprender que não adiantava nada querer fugir.

    Zizinha ouviu e ficou em silêncio. Pensou em Quincas, pensou no país cheio de escravos que conhecera a vida toda, pensou em ver o mundo pelos olhos da Liberdade, pensou no futuro do Brasil.

    Não sabia o que dizer.

18
Londres, 1883

O jornalista Joaquim Nabuco estava tendo uma vida bem diversa da que vivera naquela cidade, na pele do jovem Quincas, em todas as suas visitas anteriores. Agora precisava trabalhar muito, com horários, prazos a cumprir, rotina cotidiana, dinheiro curto, ordens de um patrão exigente, regras de comportamento, limitações para usar o espaço do jornal como palanque político. E, se não fosse considerado eficiente, ainda corria o risco de demissão, que o levaria a perder a possibilidade de prosseguir com sua temporada londrina. Precisava de um grande esforço de disciplina para se ajustar. Mais que isso: cumpria ter uma determinação consciente de aprender aquilo que fosse necessário a suas novas funções, o que às vezes o deixava exausto. Porém foi aos poucos vencendo os obstáculos, ainda que o estresse lhe cobrasse um preço na saúde, em sucessivos episódios de moléstias e todo tipo de achaques que lhe debilitavam o corpo e o espírito.

Mesmo continuando a morar no bairro chique de Mayfair, teve de se mudar para um apartamento bem menor e aprender a ser mais comedido com seus gastos. Continuava frequentando a casa do seu protetor, o barão de Penedo, e circulando pela alta-roda social, graças ao barão e a outras conexões aristocráticas. Mas seus recursos eram limitados. Não estava a seu alcance a perspectiva de ficar dando escapadas parisienses. Nem tampouco a possibilidade de se afastar, como antes, para temporadinhas festivas na Itália de vez em quando.

Enquanto não tivesse algo concreto para propor a Zizinha, preferiu evitar maiores aproximações com ela. O que teria a oferecer a uma milionária? Achou melhor esperar e deixar o romance um pouco em banho-maria. Nesse meio--tempo, aproveitava as delícias de Londres, suas ruas fervilhantes, suas recepções mundanas, seus teatros elegantes, seus parques. Passou a dedicar algumas horas a atividades esportivas, como o remo. E gostava de assistir às provas hípicas.

De qualquer modo, ao sempre belo Quincas não faltavam inúmeras oportunidades para episódios amorosos ligeiros e mais ou menos fugazes — daquele tipo de casinho que dispunha de tão pouco endosso social ostensivo na sociedade brasileira da época que até lhe faltava na língua um termo para designá-lo e sempre acabava sendo referido com uma palavra estrangeira. Como *flirt, liaison* ou *affaire*. Desses, sim, teve vários, nem todos de curta duração. Um deles, inclusive, com Mary Schlesinger, filha de uns amigos da família Penedo, se arrastava entre idas e vindas desde temporadas anteriores. Muita gente em volta apostava em casamento, segura de que era para onde as coisas se encaminhavam de modo inescapável.

Tais comentários não avaliavam, porém, a força latente da presença de Zizinha ali do outro lado do canal da Mancha. Ainda que ambos, conscientemente, procurassem se evitar ou, ao menos, não alimentar os laços que os uniam havia tanto tempo e com tanta intensidade, um sempre tinha notícias do outro, por meio de amigos comuns.

A correspondência entre eles tornou-se mais espaçada nesse período. No entanto, apesar de só se encontrarem raramente, por artes do acaso em uma ou outra viagem de um deles entre as duas grandes capitais, esses encontros jamais os deixavam indiferentes. Poderiam constar apenas de uma breve troca de palavras gentis numa ocasião social, em que logo um dos dois era desviado por amigos para deslizar em direção a outra sala. Mas o que os olhos viam sempre fazia o coração sentir.

Ela o via mais elegante que nunca, com seu quase metro e noventa e seu porte majestoso. O mesmo gesto amado no cofiar dos bigodes, enrolando uma das pontas para cima enquanto mantinha a outra mão na cintura, no bolso ou enfiava dois dedos na algibeira do colete. A tez agora muito clara, longe do sol dos trópicos. O olhar direto, as sobrancelhas quase retas. A cabeleira sempre farta, com reflexos luminosos, por vezes insinuava um cacho quase a cair sobre a testa alta. A gesticulação serena e segura sublinhava as sílabas escandidas e articuladas, as palavras precisas e bem escolhidas, na voz cálida e bem modulada com que sempre acabava por aglutinar um círculo de ouvidos atentos a seu redor. Aos trinta e cinco anos, no meio do caminho da vida, o rapazote que antes tanto a encantara se havia transformado em um homem vistoso que continuava a atraí-la como um porto seguro. Desde que ela estivesse disposta a se abrigar em suas águas e renunciar a suas próprias navegações...

Ele a via ainda mais segura de si e no apogeu da beleza. O olhar intenso e fundo sob as sobrancelhas espessas. A boca bem desenhada, de lábios cheios, a exalar ditos espirituosos entre sorrisos de dentes perfeitos, sob o nariz afilado. O colo um pouco mais cheio, mais de mulher na plenitude do que de menina promissora. O talhe flexível, a cintura fina, os braços mais redondos e macios, tão atraentes como sempre. O pescoço esguio, o penteado para o alto deixando cair algum caracol sobre a nuca, um ou outro fio de cabelo branco entrevisto na moldura magnífica do rosto, a marcar a passagem do tempo sobre aquele amor que teimava em se colorir de eternidade.

Também ouviam falar um do outro. Sempre. Os amigos comuns se encarregavam disso.

Ela seguia à distância a trajetória do homem público a cada dia mais conhecido e polêmico. Impressionava-se com a reverberação de seus artigos sobre temas políticos e culturais, sua atuação apaixonada pela emancipação dos cativos, sua coluna de correspondente europeu cada vez com maior repercussão nos meios importantes. Sabia que ele aproveitava essa temporada londrina para fazer contatos internacionais para a causa que defendia com tanto ardor. Tinha conhecimento de que se dedicava disciplinadamente a pesquisar e escrever todo um livro sobre o assunto, para o qual estudava com afinco.

Na verdade, por desejar aprofundar o tema para muito além da mera paixão pela causa, Nabuco agora se acostumara a passar muitos de seus momentos livres no grande Salão de Leitura do Museu Britânico. Apresentando seus trabalhos já publicados, obtivera permissão para frequentar esse verdadeiro templo do saber: um grande salão redondo com escrivaninhas de madeira dispostas em raios, em torno a círculos concêntricos formados por outras mesas, e encimado por vasta cúpula em que janelas altas e uma claraboia deixavam entrar a luz. As paredes eram totalmente recobertas por estantes de ferro, cheias de livros encadernados em couro, e pelos três andares de galerias que a elas davam acesso. Excelente local para pesquisas — como, mais ou menos na mesma época, comprovaram também outros frequentadores como Karl Marx e Charles Darwin, que caminhavam pelas ruas sombreadas de Bloomsbury, deixavam para trás duas ou três pequenas praças arborizadas, e galgavam os degraus do edifício, passando por entre as grandes colunas de sua fachada em estilo grego clássico.

No entanto, por mais que o trabalho o absorvesse, por sua vez Nabuco não deixava de seguir de longe as conquistas de Zizinha. Conquistas financeiras, todas, pois na vida pessoal ela mantinha sempre um recato admirável sob todos os aspectos, ainda mais quando se levasse em consideração o constante assédio de pretendentes interessantes. À distância, chegavam a Quincas alguns ecos desse efeito forte causado pela presença da moça na aristocracia parisiense. O nome de Eufrásia Teixeira Leite era repetido com admiração e respeito.

O que mais impressionava a qualquer observador isento, porém, era constatar o florescimento contínuo da mulher de negócios bem-sucedida, já a ponto de em dez anos duplicar o patrimônio que ela e a irmã haviam recebido como legado conjunto, na soma das heranças dos pais e da avó. Nabuco podia não saber detalhes de suas operações com banqueiros e financistas, desconhecer que sua intensa correspondência incluía sobrenomes como Rothschild ou Guggenheim ou passar ao largo do nome das companhias cujas ações ela comprava e que tinham empreendimentos em sítios longínquos como o Japão ou a África. Mas bem sabia que mais e mais a moça tomava gosto pelo mercado de títulos, que fazia questão de nele operar pessoalmente, e que estava cada vez mais atuante também naquela mesma cidade de Londres, coração do capitalismo, ainda que continuasse morando em Paris.

Se, por um lado, o conhecimento desses fatos enchia Nabuco de orgulho e admiração, por outro lado o preocupava, como se viessem sublinhar os riscos de uma distância crescente entre ele e Eufrásia. Tratou de fazer algum movimento para se aproximar das atividades desse mundo capitalista. Graças a seus contatos londrinos, buscou também se enfronhar nesse meio, a conviver com alguns desses grandes financistas e banqueiros, a se manter atento a tudo o que pudesse ter reflexos no universo da economia e dos negócios.

Acabou virando consultor da Central Sugar Factories, grande companhia que nesse momento se estabelecia em Pernambuco. E também passou a dar uma assessoria do mesmo tipo a outras empresas, como o City Bank e a companhia inglesa que operava os bondes no Rio de Janeiro. Eram atividades que pagavam melhor que seu salário de jornalista, mas eram esporádicas. Na verdade, porém, tais incursões pelo mundo dos negócios não o entusiasmavam. Apenas o ajudavam a se manter. O mesmo ocorria com o trabalho como correspondente para a imprensa uruguaia, que passou também a exercer.

Cada vez mais, no entanto, o que o interessava era a política, a luta pela abolição. Tratava de angariar apoio internacional para a causa no Brasil, em contatos com abolicionistas britânicos, cubanos, espanhóis, americanos e de outros países. Engajou-se no trabalho da Anti-Slavery Society, na qual foi plenamente aceito como membro atuante. Do outro lado do oceano, André Rebouças, militante atento e companheiro fiel, se encarregava de dar a repercussão possível a toda essa atuação.

Quando acabou de escrever *O abolicionismo*, Joaquim Nabuco teve ainda de conseguir editá-lo. Com seus próprios recursos, que nem por um sonho seriam suficientes para a empreitada. Endividou-se de toda forma, principalmente junto à família e a amigos. Mas tinha consciência de que valera a pena o esforço. O fruto obtido lhe trazia grande satisfação. Com os amigos, podia se gabar do resultado, sem disfarces para a falsa modéstia:

— A edição é bonita. A impressão, perfeita.

Tinha todo o direito de se orgulhar mais ainda do conteúdo. O livro ia muito além do mero panfleto. Uma obra fundamental sobre o tema, destinada a resistir ao tempo. Escrito com clareza e se apoiando em argumentos lógicos e bem estruturados, examinava a herança ibérica e o processo de colonização, relacionando-os com a escravidão. Apontava também para as relações de interdependência entre as grandes propriedades de terra e o sistema escravocrata, destacando seu papel pernicioso na formação social e política do país. Sua opinião era clara e expressa sem meias medidas:

— É preciso reconstruir o Brasil sobre o trabalho livre e a união das raças na liberdade. Não pode haver pátria digna desse nome para apenas uma parcela de seus filhos.

Lapidava ideias lentamente colhidas ao longo da vida, em anos de garimpo intelectual e político, agora amadurecidas. Combinava os resultados de muita leitura, de atenção a discursos parlamentares em diferentes países, de conversas com líderes influentes. Condensava reflexões variadas sobre o Brasil. Estabelecia relações inteligentes entre essas diversas fontes, chegando a suas próprias conclusões, na elaboração de um pensamento original, fundamentado em argumentos sólidos. E apostava na abolição como remédio para todos os males nacionais, desde que acompanhada de uma reforma agrária que garantisse a pequena propriedade e a atração de imigrantes, de modo a com ela poder constituir a base para uma grande transformação nacional, sustentada também pela garantia de instrução pública de qualidade e pela liberdade religiosa. Aliás, pretendia que esses assuntos fossem abordados em seguida em novos livros da Coleção Reformas Nacionais, que planejava iniciar a partir de *O abolicionismo*, em volumes que estariam a cargo de Rodolfo Dantas e Rui Barbosa.

 Grandes planos, sempre. Enchia-se de dívidas, mas sonhava alto. Queria que outros amigos escrevessem sobre a federação e a descentralização administrativa. Ou sobre uma reforma eleitoral tão necessária, que transformasse a forma de representar a população. Temas que considerava igualmente importantes. Faziam parte de todo um projeto para pensar o futuro do Brasil, de modo que pudesse ser uma nação mais justa e moderna. Anunciava:

— Eu escreverei ainda sobre a reconstrução financeira e as relações exteriores.

 No meio de todo esse tumulto de trabalho e enfrentando problemas financeiros cada vez maiores, sofria pressões da família e dos companheiros para voltar ao Brasil. Acenavam-lhe com a possibilidade de cargos públicos razoavelmente neutros em termos políticos — como dirigir uma biblioteca. Mas ele continuava o mesmo. Orgulhoso, talvez. Ou apenas digno e cauteloso. Recusava-se a ocupar qualquer posto por indicação de alguém. No máximo, admitiria ser professor, por concurso.

 Diante de tantos rumores que ora o apontavam como provável ocupante de um cargo, ora insinuavam sua nomeação para outra vaga, tratou de estancar todas aquelas especulações, publicando um desmentido num jornal:

"Já trabalho para uma biblioteca de 1200 volumes — os escravos. É nela que estou estudando a vergonha da pátria."

Em nome da honra e da coerência, recusava os empregos. Enquanto isso, continuava sem ter como pagar todas as contas.

Por outro lado, percebia que era hora de voltar para se dedicar à campanha abolicionista. Sentia muitas saudades do Brasil, como confessava:

— Não quero habituar-me a viver fora do Brasil e não sei como posso viver aí. Sou como uma árvore com as raízes no ar. Não posso tardar muito a secar. Creio mesmo que estou, literalmente, doente de saudades.

Enquanto isso, sutilmente, retomava a relação com Eufrásia, aos poucos, ambos tentando ver se descobriam uma maneira de se reinventar. Não sabiam de que modo. Como na mata, abriam à faca picadas por brenhas onde ninguém havia passado antes, nem lhes deixado instruções prévias. Talvez o jeito fosse caminhar para se manter como amigos, já que não conseguiam mesmo prescindir um do outro em suas vidas. Por mais que houvessem tentado.

19
Paris e Londres, 1884

Ao amor e à amizade entre os dois se somavam agora os efeitos do tempo e de tantas idas e vindas em sua história.

Adoentado, sentindo-se debilitado, Quincas cedeu ao que pedia sua fragilidade física e emocional: deixou Londres por uns tempos, cruzou o canal da Mancha e foi passar uma temporada em Paris, hospedado em casa do amigo Juca Paranhos. Aproveitou para rever os amigos, ir ao teatro, desfrutar um pouco dos encantos da cidade que tanto amava.

No processo de convalescença, carente de afetos, procurou Zizinha, agora em novo e privilegiado endereço, dessa vez definitivo, pois comprara um magnífico palacete de cinco andares na rue de Bassano, bem perto do Arco do Triunfo. Nele havia um belo jardim de inverno, com a sonhada estufa que lhe permitia cultivar algumas das plantas de climas quentes, de que sentia tantas saudades, a lembrar seus jardins da Casa da Hera. Tinha até uma pequena cascata, capricho a trazer para Paris um pouco da umidade tropical de sua terra.

Mas quando Nabuco a procurou, Eufrásia estava fora da cidade. Logo que voltou e soube da visita de Quincas, apressou-se a lhe mandar um bilhete, abrindo-lhe as portas novamente, sem qualquer falso pudor a tentar disfarçar a saudade sincera que sentia ou a encobrir a falta que ele lhe fazia:

"Quanto sinto ter estado ausente quando veio, e ter perdido dois dias de sua estada aqui... E, sobretudo, sinto não tê-lo visto como desejava e como esperava, com a confiança de velhos amigos que se encontram depois de tanto tempo."

No reencontro, ele não conseguiu disfarçar o choque que lhe causou a descoberta de uns poucos mas evidentes fios grisalhos pelo meio da cabeleira da amada. Fez algum comentário que não conseguiu sopitar e ela ficou sem jeito, quase encabulada, sem encontrar palavras para responder. Ainda mais porque também notara, surpresa, os efeitos devastadores do tempo e da saúde frágil no físico do amado. Foram alguns segundos iniciais meio constrangidos de parte a parte, num inevitável balanço de perdas e danos, confrontando ambos a presença sempre amada, diante de cada um, com a imagem intocada pelo tempo, que a memória trazia e insistia em se impor.

Os silêncios se prolongavam, densos e carregados de lembranças. Estavam ambos muito emocionados, algo hesitantes na conversa, distantes da leveza que sempre os dominara quando juntos. Ela também o via abatido pela doença, pálido, meio alquebrado, algo trêmulo e inseguro, a se queixar de diferentes males. No entanto, apesar de tocada em seu coração pelas marcas do tempo, tão nítidas, soube perceber que as mudanças em ambos iam um pouco além dos cabelos brancos e alguns quilos a mais:

— Tenho consciência de que lhe deixei muito má impressão, mas creio que deve ter achado ainda maior mudança no nosso espírito que no meu físico.

Mais tarde, à guisa de desculpas, se sentiu suficientemente à vontade para explicar sem maiores rodeios o tumulto e a perturbação que o reencontro lhe provocara. Como se tivesse ficado meio anestesiada pela emoção quase paralisante:

— A espécie de entorpecimento que me causou a sua presença tirou-me todos os meus meios. Não soube o que dizer e o que fazer. Bem triste foi esse rápido encontro que nos perturbou sem nos satisfazer.

Triste mas frutífero. Pela intensidade dos sentimentos, teve o efeito de conseguir romper o gelo. Ela encontrou uma brecha para manifestar sua preocupação carinhosa com a saúde dele:

— Não pense muito em sua doença. Estou certa de que, com um pouco mais de cuidado, não será nada.

Não chegou a ponto de se oferecer para lhe prestar esses cuidados pessoalmente. Mas, a partir desse reencontro, retomaram o diálogo com intensidade.

Quando ele voltou a Londres, continuaram a se escrever. Zizinha passou a tentar animá-lo, dando notícias frequentes de seu cotidiano. Contou sobre seus passeios a cavalo e relatou uma queda que levara ao se exercitar na montaria. Num jogo de sedução velada, talvez para provocar ciúmes, comentava como um pintor muito conhecido estava trabalhando num retrato seu, e disposto a produzir uma obra-prima. E deixou escapar a confissão de que receber as cartas de Quincas tinha um efeito poderoso sobre ela. Revelou suas saudades admitindo quanto as palavras dele a tocavam fundo, e lhe davam um aperto no coração:

— Só contraem o meu eu.

Carinhosa, insistente, queria notícias dele, muitas e constantes, tudo o que lhes permitisse compartilhar um pouco suas vidas:

— Escreva-me sempre tudo o que lhe passar pela cabeça, talvez como tristezas, o que faz, como se diverte, o que conta fazer, o que precisa.

Ele pensava na vida, fazia um balanço das experiências passadas, rememorava a infância feliz no engenho. Do privilegiado ponto de vista de um presente vivido numa sociedade estrangeira e com outros costumes, compreendia a doçura do ambiente superprotegido que sua classe tivera no Brasil. Suspeitava não haver razões reais e profundas para a intensidade da melancolia que sentia. Chegava a reconhecer:

— Há no desapontamento pessoal muita coisa que provém da educação que tivemos, dos pequenos reis que fomos em criança, da falta de atritos desagradáveis e choques no período em que a consciência se forma.

De modo objetivo, entretanto, talvez nada tivesse mudado. A implicância de Chiquinha não cedera um milímetro, a oposição da família dela era mais acirrada do que nunca, as cicatrizes antigas podiam até não estar completamente fechadas. As diferenças de planos entre os namorados e a desigualdade da fortuna continuavam tão nítidas como sempre. Mas os dois estavam mais maduros.

Começavam a ter alguma serenidade. Sabiam onde havia risco de se machucar mutuamente e onde poderiam levar consolo um ao outro. Estavam menos irredutíveis, mais capazes de tentar se equilibrar sem tantos rompantes. Talvez até com a perspectiva de se preparar para decidir alguma coisa. Conversaram muito sobre isso, dessa vez sem ultimatos nem gestos dramáticos. Por terem resistido à passagem do tempo, a tentações variadas e a tantos arrufos e separações, tinham consciência da força do sentimento tranquilo que os unia e que não pretendiam mais negar. Era isso que os fortalecia.

Mas a primeira decisão que Nabuco precisava tomar se referia à vida pública. No Brasil, esquentava cada vez mais a campanha abolicionista que ele tanto ajudara a desencadear. Precisava estar presente nesse momento em que sua ação poderia fazer diferença ao vivo. Não podia mais se manter afastado. Resolveu atender aos chamados da situação política, muito bem resumidos no apelo que lhe veio numa carta de André Rebouças, ao instá-lo a regressar logo ao país, onde sua participação direta poderia fazer diferença nessa hora em que o movimento abolicionista tomava impulso novo e se acelerava:

"É justo que você pronuncie o Ômega como pronunciou o Alfa na Abolição."

O amigo tinha toda a razão. A decisão era inadiável. Hora de voltar. Em maio, Joaquim Nabuco desembarcou no Brasil.

Mais uma vez, deixara em Londres a maior parte de seus pertences, livros, móveis, roupas e objetos. Pensava em matar as saudades do país e voltar logo, se não conseguisse um trabalho que o fixasse. Mas também, ou principalmente, pretendia reforçar a contribuição pessoal que, porventura, pudesse dar à causa.

 Mergulhou de cabeça na luta política de uma nação que pegava fogo, no conflito entre escravocratas e abolicionistas. Agora estes eram muito mais ativos e inflamados do que antes, mantendo o clima de agitação permanente necessário a uma campanha em expansão. Entre eles havia muitos nomes notáveis, desempenhando um papel importante na manutenção das altas temperaturas da luta política acirrada. Mas faltava uma espécie de tribuno-símbolo aos olhos da população, alguém que pudesse assumir uma liderança inconteste, diante da timidez de um, do desaparecimento prematuro de outro, do temperamento por demais brigão de um terceiro. Além disso, vários desses ativistas mais combativos eram mestiços, e portanto sujeitos a todos os preconceitos latentes, explícitos ou velados, que jamais adormeciam. Sua eficácia na conquista de novos adeptos ou na pressão sobre o sistema tinha de enfrentar ainda essa barreira extra, de um obstáculo oculto mas nem por isso menos poderoso.

 A chegada de um combatente carismático e sedutor nessa hora veio a calhar. O sobrenome conhecido, de uma família de estadistas, garantia certo respeito institucional nas hostes imperiais. Ao mesmo tempo, seu histórico de militância incansável, seus artigos, os comícios a levar a causa para as ruas asseguravam-lhe a confiança combatente. A opinião pública sabia disso, estava à espera desse reforço precioso. Uma espera tão ansiosa que a polícia precisou proibir manifestações de rua na sua chegada, para evitar que os ânimos se exaltassem em demasia, na consagração de uma liderança tão desejada e até então inexistente.

 Mas não adiantaram nada esses cuidados repressivos. Seu prestígio só iria aumentar. Seria esse o papel que a História reservava a Joaquim Nabuco.

Alguns meses depois, foi a vez de Eufrásia tomar o vapor num porto francês para cruzar o Atlântico e voltar a seu país após mais de dez anos de ausência. Para todos os efeitos, ao viajar em companhia da irmã e da criada, vinha apenas passar uma temporada na terra natal para matar as saudades, estar com os amigos, rever as propriedades, ter uma presença direta nos negócios locais durante algum tempo.

Tinha, além disso, uma agenda recôndita: reencontrar Quincas e poder acompanhá-lo discretamente, nos bastidores, apoiando-o naquilo que fosse possível, enquanto ele crescia para atingir a grandeza com que no futuro seria lembrado pela nação.

20
Rio de Janeiro, 1884

Sem ter uma tribuna parlamentar à sua disposição — pelo menos enquanto não se realizassem novas eleições no início do ano seguinte —, restavam a Joaquim Nabuco os caminhos do jornalismo e dos comícios.

No primeiro, até conseguiu espaço para publicar alguma coisa, mas não para assinar os artigos que escrevia. Como o que o movia nesse caso não era a vaidade pessoal, mas a fé no ideal, fez o que estava a seu alcance. Durante alguns meses teve condições de manifestar sua opinião, mas foi forçado a recorrer a pseudônimos para ocultar seu nome.

Já na vereda das manifestações públicas, seu papel podia ser diferente. Ficava muito à vontade, falando sempre que podia, em reuniões abolicionistas de todo tipo — em teatros e em instituições variadas. Usava seus dons de orador, sua voz sedutora, seu carisma, seu porte marcante. Aos poucos, foi subindo o tom e seus discursos ficavam cada vez mais inflamados. Passou do reformismo gradativo à veemência apaixonada, num crescendo racional e emotivo que iria transformar a campanha eleitoral daquele ano em um verdadeiro plebiscito sobre a libertação dos escravos.

Na campanha, ganhou as ruas. Aprendeu com a realidade, na prática do ativismo contínuo. E, como uma recente mudança na legislação eleitoral elevara o peso relativo dos eleitores das cidades, encontrava agora ouvintes mais simpáticos ao abolicionismo, dispostos a aplaudi-lo e, potencialmente, a votar nele. Visitou bairros pobres, que não estava habituado a frequentar e lhe revelaram um Brasil diferente do que costumava ver. Discursava e empolgava em todos eles. Às vezes fazendo vários comícios no mesmo dia.

Falava a funcionários de baixo escalão, a trabalhadores manuais urbanos, a pequenos lavradores, a comerciários, a artesãos, operários, tipógrafos, libertos de todo tipo e ofício. Até a mulheres, que não tinham direito a voto mas ajudavam a dar destaque à causa e influenciavam maridos e filhos, conquistadas após ouvirem Quincas, o Belo. Era uma lição aprendida na Inglaterra. Foi uma novidade muito bem recebida pelos eleitores. Ninguém costumava fazer isso no Brasil.

No processo, clareava suas ideias e se convencia da interligação entre questões diferentes:

— O Estado deveria desapropriar toda a imensa extensão de terras que o monopólio escravista não cultiva nem deixa cultivar. Não separarei mais as duas questões: a da emancipação dos escravos e da democratização do solo.

Não media palavras, não suavizava as denúncias:

— Eu denuncio essa escravidão maldita como fratricídio de uma raça, como o parricídio de uma nação.

Fazia ataques diretos aos latifundiários, acusando os fazendeiros senhores de escravos de fazerem a "política do chicote".

— Só pensam em seus interesses de classe. Cuidam apenas de manter o jugo férreo de seus monopólios desumanos.

Diagnosticava na escravidão mais do que uma questão trabalhista ou humanitária. Apontava-lhe um dedo que nela identificava um componente estrutural da desigualdade brasileira:

— É um sistema agrícola e territorial, que serve de base a um país de algumas famílias transitoriamente ricas e de dez milhões de proletários.

Entre as famílias mais ricas, estava a de Eufrásia. E as dos amigos dela. Seguramente, todos execravam Nabuco e disso não faziam segredo, como ela descobriu mal desembarcou. Ele estava na ordem do dia de todas as conversas. Ainda mais agora que, ao voltar ao Rio de Janeiro, a sinhazinha vivia novamente em meio à sociedade brasileira. Cercada de adversários, desafetos e inimigos dele. A ouvir calada todo tipo de crítica a Quincas, atacado em todas as reuniões sociais a que ela fosse, só de vez em quando entremeadas por eventuais escapadelas para ir encontrá-lo às escondidas quando possível.

Nessa clandestinidade, não deixava de comentar com ele a repercussão desfavorável de sua atuação, entre aqueles que a cercavam:

— Suas opiniões são tão diversas das de todos que me rodeiam... Naturalmente, por mais que evitem, tenho ouvido falar de si, e infelizmente não posso responder nada.

Nessa ocasião, os dois viviam uma situação nova. Depois de anos morando em lugares diferentes, estavam pela primeira vez por um longo tempo na mesma cidade. No entanto, por vezes parecia que isso tornava a situação ainda mais difícil e delicada. Quincas estava tão em evidência e era tão malvisto nos círculos onde ela se movia, que por vezes parecia a Zizinha que era como se a implicância de Francisca tivesse se multiplicado dezenas de vezes.

Agora a hostilidade contra Nabuco vinha em uma saraivada, de todas as pessoas que a cercavam, sempre atentas e vigilantes a qualquer palavra sua, por conhecerem algo da história pregressa que a unia ao inimigo de todos. Faziam questão de bater nele e deixar claro, para ela, que qualquer contato social com ele seria inadmissível e que jamais o receberiam bem. Ela que não se atrevesse a tentar.

A intrigalhada era terrível. Por vezes, chegavam aos jornais comentários maldosos sobre os dois, insinuando que ele se jogava como um caça-dotes sobre uma herdeira milionária, ocupando seu cérebro apenas com projetos de um casamento rico. A campanha contra a abolição da escravatura tentava desmoralizá-lo, insinuando que ele não passava de um dândi interesseiro e um hipócrita. Alguém que mentia o tempo todo: atacava os escravocratas mas pretendia se apossar da fortuna de uma rica herdeira deles. A imprensa publicava caricaturas que o pintavam dessa forma, acompanhadas de versinhos jocosos e todo tipo de chacota.

Como a essa altura os dois estavam se entendendo bem, e viviam na intimidade um ótimo momento no romance — ainda que em encontros esparsos como a situação exigia —, ele deduzia que o aumento das críticas a ele nessa área poderia ser atribuído ao fato de Zizinha haver feito algum comentário sobre ele com alguém. Tinha até algumas desconfianças particulares. Talvez ela houvesse falado com uma de suas primas, casada com um líder do Partido Conservador, influente junto à imprensa que o atacava de forma tão constante e impiedosa. Essa senhora, certamente, seria uma fonte poderosa e em condições de plantar nas páginas dos jornais esse tipo de comentário venenoso.

Essa desconfiança magoou Zizinha:

— Nunca pronunciei o seu nome diante dela. Nunca ninguém diante de mim falou-me de si abertamente — garantiu.

Ele acreditava até certo ponto. Talvez ela tivesse dito algo sem se dar conta. Poderia, ingenuamente, ter deixado escapar algum comentário sobre a situação entre os dois, sem perceber o efeito que suas palavras poderiam vir a ter. Ela negava. Mas esse tipo de episódio gerava um permanente fator de tensão entre eles.

De qualquer modo, os dois namorados sempre davam um jeito para se encontrar quando podiam e se escreviam seguidamente. Mas o sigilo era imperativo nas circunstâncias. Como ela lembrava:

— Peço-lhe ainda uma vez que não diga nada a ninguém de nossa correspondência.

As razões eram óbvias:

— Já nos é tão difícil entendermo-nos. O que seria se nisso se metessem pessoas que não podem compreender?

Não se tratava apenas de uma pressão contra ambos, vinda dos que os cercavam. O clima geral no país era belicoso e agressivo como um todo, carregado de hostilidade e exaltação. Na campanha eleitoral do Recife, em que Nabuco concorria, acabou havendo troca de tiros entre adeptos dos dois lados em disputa, resultando em dois mortos e alguns feridos. Num primeiro momento, Joaquim Nabuco chegou a ser declarado eleito, mas depois se suspendeu o reconhecimento desse resultado e a eleição foi anulada. Marcou-se outra votação para janeiro. Ia ser necessário começar todo o processo novamente.

    Eufrásia acompanhou tudo de longe, mas, pelo menos, agora estavam no mesmo país. Ela dividia sua presença entre o Rio de Janeiro e Vassouras, enquanto ele seguia adiante, e embarcava para Pernambuco. Ia enfrentar mais uma disputa eleitoral ferrenha, em busca de votos.

21
Rio de Janeiro, 1885

Com o acirramento dos ânimos, a candidatura de Joaquim Nabuco cresceu e se transformou numa grande campanha abolicionista, numa nítida onda emancipatória de cunho nacional. Algo como o país nunca vira antes. Retratos dele se multiplicavam por toda parte, reproduzidos em capas de revistas ou em caricaturas na imprensa, ou ainda estampados em caixas de charuto, pacotes de tabaco, rótulos de garrafas de cerveja, lenços, tecidos. Comícios em praça pública atraíam multidões, em clima festivo, encantadas pela novidade.

Ele acabou vencendo a eleição por boa margem, ainda que muitos de seus companheiros tivessem sido derrotados, o que deixava o partido sem força para implantar a causa que defendiam. Nabuco sabia, porém, que não se tratava de uma conquista pessoal:

— A minha eleição foi, antes de tudo, a vitória de uma ideia, a vitória da Revolução que, por meio da lei, se quiserem e, se não, pelos próprios acontecimentos, está fatalmente resolvida na consciência pública.

Ao voltar do Recife para o Rio de Janeiro, pouco depois do pleito, o *Patagônia*, vapor em que viajava, foi recebido na baía de Guanabara por uma procissão de embarcações de todo tipo a escoltá-lo, fazendo festa no mar. À sua espera, no cais, uma multidão calculada em cinco mil pessoas o aplaudia com flores, bandas de música, discursos solenes, bandeiras agitadas, fogos de artifício, estudantes aclamando seu nome. Nunca se vira antes nada semelhante. Sinos tocavam, enquanto os seguidores o acompanhavam em cortejo até a casa de sua família, no Flamengo, onde a mãe o recebia em festa.

O reconhecimento oficial do mandato, no entanto, só viria depois. A campanha fora atribulada, cheia de incidentes violentos, e os resultados estavam sob questionamento. Os prazos eram longos: a eleição fora em janeiro, mas a posse na Câmara seria apenas em julho. Até lá, ele precisava pagar as contas e sobreviver — agora sem o emprego que o mantivera em Londres. O próprio jornal em que trabalhava não se dispunha a apoiá-lo, por não concordar com suas posições. Chegara a ponto de não publicar uma linha sobre a sua triunfal recepção ao chegar ao Rio de Janeiro após a vitória eleitoral. O líder abolicionista foi obrigado a constatar, em carta ao barão de Penedo:

"Sem jornal próprio não se é nada aqui e vive-se do favor alheio."

Cada vez mais, Nabuco tinha vontade de fundar seu próprio periódico, tanto para abrir uma nova trincheira para a causa abolicionista quanto para tentar se sustentar com seu trabalho. Desdobrava-se na busca de quem pudesse contribuir com o capital necessário ou conseguir um financiamento. Mas todo esse processo era muito demorado e as dívidas iam se acumulando.

Enquanto isso, sua eleição continuava sendo questionada, devido às confusões e aos confrontos violentos da campanha, e terminou por ser anulada. Mas Nabuco não desistiu. Concorrendo a novo pleito, numa vaga que inesperadamente se abrira em um dos distritos devido à morte de um parlamentar, acabou eleito de novo, mesmo sem estar presente em Pernambuco na ocasião. Viajou então até lá, após a vitória, para agradecer aos eleitores.

Foi aclamado na Bahia, quando o vapor lá fez escala. E o Recife o recebeu como herói, ultrapassando tudo que ele poderia imaginar, mesmo com a imensa vaidade de que o acusavam. Flores, fogos, sinos, bandas de música, discursos, multidões, pessoas literalmente se jogando a seus pés. Um espetáculo chamado *Glória a Nabuco* no Teatro Santa Isabel. Mais uma vez, sua efígie estampada em cartazes, por toda parte. Conferências, banquetes, passeatas aclamando seu nome. Uma consagração. Nunca se vira em sua terra celebridade igual.

Esse clima o seguiu quando voltou ao Rio. Ao finalmente tomar posse na Câmara, dessa vez seguro e confiante, foi recebido sob uma chuva de flores. Casa cheia, no plenário e nas galerias. Aplausos entusiasmados. Incluindo as palmas das mãos elegantes e enluvadas de Zizinha, para alegria de ambos, discretamente sentada na Tribuna de Honra da Câmara, a testemunhar de perto aquele momento de glória, com os olhos brilhando e o coração batendo forte.

Estavam sendo tempos muito emocionantes. Ela se dividia entre semanas passadas em Vassouras, onde matava as saudades da terra e supervisionava os interesses de sua propriedade, e temporadas no Rio de Janeiro, onde recusava a hospitalidade de parentes e passara a se hospedar em hotéis — ambientes neutros, onde podia ficar mais à vontade, distante da bisbilhotice familiar direta. Além disso, numa cidade com poucos restaurantes, os hotéis ofereciam oportunidade para que políticos, intelectuais e homens de negócios pudessem se encontrar para conversar à vontade durante as refeições. Não chamava a atenção de ninguém que um homem em evidência como Joaquim Nabuco os frequentasse em companhia de outros senhores. Sobretudo o Hotel dos Estrangeiros e o Hotel White, considerado o melhor da cidade, idilicamente situado num recanto discreto, ao lado de uma cachoeirinha, em plena floresta tropical na Tijuca.

Experiente homem do mundo, Nabuco administrava bem essa situação. Ora se mostrava nesses locais acompanhado de respeitáveis políticos e senhores de meia-idade, ora era visto em um congraçamento com um pequeno número de amigos a par de seu segredo. Se, por acaso, cruzassem com alguém hospedado no hotel — como Eufrásia, por exemplo, lá morando por uma escolha natural e perfeitamente explicável, devido ao clima ameno da montanha, livre dos mosquitos de febre amarela que assolavam os bairros na planície —, isso não significaria automaticamente que se tratasse de um encontro amoroso clandestino, a chamar a atenção. Ela poderia ser convidada, com naturalidade, a se juntar ao grupo, tanto durante uma refeição quanto em seguida, no impulso de darem uma volta de charrete ou passearem a pé por alguns dos aprazíveis caminhos da Floresta da Tijuca. Salvavam-se as aparências.

Numa dessas vezes, numa clareira perto da cascatinha que fazia o encanto do lugar, pararam para ver uma trinca de pássaros coloridos saltitando com regularidade no galho de uma árvore. Um deles era verde, outros dois tinham o corpo recoberto de brilhantes penas azuis, cocuruto vermelho-sangue, asas negras com reflexos esverdeados. Sapateavam, balançavam a crista, viravam de cabeça para baixo no galho, abriam a cauda em leque, voejavam curto de lado, assoviavam, esvoaçavam sincronizados. Um espetáculo impressionante.

O amigo de Nabuco que os acompanhava, um barão conhecedor de pássaros e acostumado a percorrer a mata em sua fazenda, explicou:

— Belíssimos, não? São tangarás. São chamados de dançarinos porque nesta época do ano saltitam dessa maneira, como num ritual, em que pelo menos dois machos fazem a corte à fêmea. É uma espécie de coreografia complicada e repetida, vejam bem. Às vezes há vários machos se exibindo ao mesmo tempo, em fila, perfeitamente coordenados em seus movimentos, com essa plumagem rica. Tudo isso para impressionar a fêmea. Eles insistem até ela ceder e escolher um deles. Mas o outro fica por perto, pois depois pode ser que seja sua vez.

— Então, quer dizer que não só os humanos se comportam assim, vaidosos e competitivos... — disse Quincas a sorrir.

Ficaram alguns minutos apreciando. Eufrásia pensou consigo mesma que, no caso de uma humana como ela, a escolha nunca fora em relação à dificuldade de determinar qual seria o companheiro selecionado. Disso jamais houve dúvida. Mas sempre fora difícil definir a opção das circunstâncias. Como ficariam juntos? De que maneira organizariam suas vidas? Mesmo agora, depois de tantos anos e tanto caminho andado, ainda não conseguia ter certeza do que fariam.

Finalmente, os pássaros levantaram voo juntos e se embrenharam na folhagem.

Antes de seguirem adiante, Quincas percebeu que Zizinha cutucava a folhagem do chão com a ponta da sombrinha. Lembrou-se da pequena folha seca que os aproximara, tantos anos antes, num passeio no Bois de Boulogne:

— Outra folha seca? — perguntou com ar cúmplice.

— Não, uma sensitiva — disse ela, também sorrindo com a lembrança de como tinham começado a fazer as pazes após seu primeiro rompimento em Paris.

A alusão sutil confirmava quanto caminho já tinham percorrido com seu amor. Talvez sem ir muito longe, porém. Continuavam girando em torno de impasses semelhantes, incapazes de decidir.

Ele olhou com atenção a plantinha rasteira, de frágeis galhos de folhas opostas, que rapidamente se recolhiam ao menor toque, grudando-se umas às outras, e quase desaparecendo, como reduzidas a um mero graveto. Ela continuava:

— Em Vassouras, volta e meia encontrávamos uma delas num pasto ou entre o cafezal. Meu pai me ensinou a brincar com ela. Basta alguma coisa se aproximar de suas folhas e ela pressente o deslocamento de ar. Veja como rapidamente ela se fecha. O povo chama de não-me-toques, porque ela se contrai toda, de repente.

— O nome científico é *Mimosa pudica*. Também há quem chame de dormideira — tornou a explicar o barão amigo deles. — É uma das raras plantas que têm movimentos próprios. São muito sensíveis, realmente.

— Alguns humanos também — brincou Quincas, outra vez, com novo sorriso cúmplice.

A quem se referiria? Eufrásia não achava que *mimosa* fosse um adjetivo especialmente adequado a ela. Nem *pudica*, a essa altura, sobretudo após o que vinham vivendo de modo quase explícito nesses últimos dias no Hotel White. Seria uma *sensitiva*, sensível demais? Uma *não-me-toques*, pronta a se crispar por qualquer ninharia? Talvez. Mas achava que já melhorara bastante, com a idade.

Enquanto voltavam caminhando para o hotel, ela ia pensando. Talvez ambos fossem igualmente sensitivos. Mas o fato era que estavam mesmo mais maduros. Talvez por isso mais serenos, mais confiantes, mais aplacados em seus rompantes. Vivendo um bom momento, começavam a considerar a ideia de, aos poucos, assumir publicamente o namoro. Partiriam então para um compromisso aberto, diante de todos. Pela primeira vez em muito tempo, o horizonte diante deles parecia tranquilo.

Mas primeiro era preciso dobrar Francisca. E a irmã era um osso duro de roer, tendo ficado particularmente intransigente nos últimos tempos. Sem dúvida, sua implicância estava sendo muito reforçada pelo apoio da parentela, em estado de alarme diante de qualquer aproximação entre Nabuco e Eufrásia. Fosse por qual motivo fosse, o fato é que Chica aumentava a pressão, a toda hora ameaçando a irmã com um rompimento público — e seu consequente escândalo.

Sua oposição crescia, se é que tal seria possível, e se revelava bem mais que uma simples implicância. Talvez por um poderoso processo de autoengano, convencida de que ela e Zizinha haviam mesmo feito uma promessa ao pai moribundo, Francisca continuava inflexível. Não cedia um milímetro. E atrapalhava no que podia. Eufrásia só conseguia se livrar dela se a deixasse uns dias em Vassouras, na Casa da Hera, enquanto vinha para o Rio. Ou em alguma raríssima e improvável ocasião em que convencesse a irmã mais velha a aceitar a hospitalidade temporária de algum parente.

Enquanto isso, o romance prosseguia. Os namorados iam aprimorando suas estratégias de encontro. Nesse mês de dezembro, haviam passado a uma nova etapa. Estavam ambos hospedados no mesmo Hotel White — ainda que recatados e discretos. Encobertos pela boa desculpa de que ela, após tantos anos de Europa, estranhava o calorão dos trópicos e queria temperaturas mais amenas. E ele, de sua parte, tinha o pretexto público: estivera adoentado e recebera recomendação médica para buscar os bons ares do Alto da Tijuca.

Por outro lado, com a exacerbação da situação política, ficava mais difícil que ele, nesse exato momento, pudesse aparecer em público prestes a se casar com uma milionária herdeira de escravocratas, mesmo que ela houvesse nessa ocasião alforriado os últimos cativos que ainda haviam restado em sua propriedade em Vassouras. Os cuidados precisavam ser redobrados.

Ou então, seria aconselhável que dessem logo o grande passo provocador e escancarassem de uma vez por todas sua situação, anunciando o noivado e partindo para o matrimônio. Dispostos a enfrentar os ataques de cada lado, tanto da imprensa e dos adversários políticos dele, quanto da família dela. Afinal, não tinham mais qualquer dúvida sobre o sentimento que os unia.

Enquanto hesitavam, por algum tempo seguiam na mesma, já que estava bom. Mais de uma vez, Quincas disse a ela que o que realmente importava era o amor e não o casamento. Que um era tudo e o outro era secundário. Ela concordava. Escrevia a ele, sem qualquer rodeio, o que não cansava de lhe repetir:

— Eu te amo de todo o meu coração.

Por vezes, ele parecia temer a repercussão pública desse casamento em sua carreira e seu futuro político. Em outras ocasiões, se dispunha a encarar tudo e todos.

No entanto, quando ele insistia e pressionava, era ela quem hesitava em relação ao casamento. Mais do que nunca, compreendia que o lugar dele agora era no Brasil, que a nação precisava dele, e que esse era seu destino histórico. Não teria coragem de pressioná-lo para viajar à Europa. Mas percebia também que a situação para ela poderia ficar insustentável se insistisse em ficar em seu país.

De uma parte, estaria sujeita ao isolamento do repúdio social de seu círculo de amizades e sua família, por se ligar ao inimigo dos que a cercavam. Além disso, não teria condições de seguir comandando seus negócios, decidindo sua vida econômica, mantendo sua autonomia. Isso seria inaceitável para uma mulher brasileira de seu tempo. Ficando no Brasil, e na condição de mulher casada, teria de mudar por completo a vida que se acostumara a levar nos últimos anos. Pesava os prós e os contras e continuava a hesitar em dar o "sim". Mas não ousava mais pedir a ele que a acompanhasse ao exterior e fossem se fixar na Europa, ainda que bem soubesse que, mais cedo ou mais tarde, ela teria que embarcar num vapor e voltar a Paris:

— Compreendo bem todas as suas dificuldades — lhe garantia. — Mas não posso ficar tanto tempo longe de minhas responsabilidades lá. Sou a primeira a não querer que vá comigo. A pedir-lhe, se for preciso, que não se condene a uma posição secundária no estrangeiro, quando pode e deve ter a primeira em nosso país. Mas isso não quer dizer que me faltem saudades nem desejo de vê-lo.

Francisca continuava a martelar em seus ouvidos:

— Não podes estar disposta a estragar tua vida por causa de um caça-dotes que quer nos ver arruinadas, e que vai fazer tudo o que estiver a seu alcance para que nossa família perca tudo o que tem, construído com tanto esforço, ao longo de tantos anos.

— Não é nada disso, tu o sabes.

— Sei é que essa tua insistência teimosa não tem cabimento. Não posso admitir que queiras nos prejudicar dessa maneira. E que, para isso, desrespeites uma promessa feita a nosso pai em seu leito de morte...

— Mana, sabes bem que isso jamais existiu. Essa foi apenas uma desculpa que nós duas inventamos para escapar aos planos casamenteiros do nosso tio.

A reação de Francisca fazia parecer que se moviam em dois mundos, ou tinham vivido duas histórias diferentes.

— Pois agora negas? Classificas de invencionice um juramento sagrado? Esse perjúrio é imperdoável. Se continuas a insistir nessa sandice, rompo contigo. Nunca mais nos falaremos. Mas jamais trairei a memória de nosso pai, e me admiro de que o faças...

— Deixa de tolices, Chiquinha. Nada disso faz sentido. Tenha calma, minha irmã. Não podemos brigar e romper dessa maneira. Afinal, nós só temos uma à outra.

— És tu que buscas nosso afastamento. Não suporto mais essa situação a se eternizar, ano após ano. Não pretendo permitir que mais um ano se inicie sem que tenhas dado um basta a esse absurdo. Eu já disse e torno a dizer: ou ele ou eu. Vais ter de escolher.

Sem saber o que fazer, e se sentindo puxada por forças opostas, Zizinha tentava ganhar tempo. Mas estava cada vez mais difícil.

Conversou várias vezes sobre tudo isso com Quincas, porém o fato é que ele tinha outras preocupações prementes e maiores a lhe ocupar o espírito, em sua luta pela abolição. Embora vivendo um momento delicioso com Eufrásia, começava a se ver farto de tanto girar em círculos naquela situação, sujeito aos humores e implicâncias de Francisca. Já estava perdendo a paciência com tantas idas e vindas naquela relação amorosa. Como conciliar a inegável entrega de Eufrásia a ele e esses recuos inexplicáveis quando falavam em casamento?

Perplexo com as negativas da moça diante de sua insistência, e consciente de como aquela indecisão era absurda, enquanto estava sendo aclamado por todos, não podia deixar de registrar quanto era assediado e desejado pelas mulheres com quem seu caminho se cruzava. Magoado, só comentou, em tom dolorido, como se lhe viesse do fundo do peito, algo que já vinha dizendo a si mesmo havia algum tempo:

— Sinceramente, Zizinha, ninguém acreditaria que não quisesses casar comigo.

Por vezes, a hesitação de Eufrásia o magoava. Nesses momentos, não adiantava muito que ela repetisse:

— Eu te amo de todo o meu coração.

22
Petrópolis, dezembro de 1885

O cenário em torno a Zizinha era tão bonito quanto o que os cercava dias antes na Tijuca. Por todo lado, a mesma floresta tropical fervilhante, com suas árvores majestosas de troncos imponentes e copas densas, entremeadas de caules esguios de concorrentes buscando o sol lá no alto. E mais os arbustos e samambaias que fechavam o passo, as lianas e cipós que se enlaçavam num rendilhado caprichoso, as epífitas de toda espécie a entretecer a vegetação numa trama compacta. E bromélias, e orquídeas, e flores de toda cor e formato, a atrair pássaros, insetos, anfíbios e pequenos répteis. E blocos de granito imensos a erguer seu paredão montanhoso pelo meio da mata, por onde brotavam nascentes e deslizavam fios d'água em cascata após as chuvas, indo formar riachos saltitantes a buscar onde pudessem se espraiar um pouco, em pequenos córregos e afluentes dos rios que corriam nos vales. De manhã e no fim do dia, a neblina atestava a umidade entesourada por todos aqueles mananciais, fontes de vida entre pedras e musgo.

No entanto, bem diferente do hotel quase isolado na Tijuca, o cenário agora podia ser semelhante àquele em que viviam semanas antes, mas o tecido urbano era outro. Em Petrópolis a vida social era intensa. Uma cidade atraente, incrustada na mata. Mais que isso, era a cidade imperial, com palacetes, luxos, serviços, confortos e brilhos. Agitava-se com o burburinho da corte, a elegância dos nobres, as lojas e confeitarias sofisticadas, os palácios, os jardins, as cavalariças, as charretes impecáveis, a intensa movimentação de todos os que tinham condições de seguir a família do imperador que subia a serra para passar o verão em clima ameno, fugindo do calor intenso do Rio de Janeiro.

Dia 10 de dezembro, Nabuco embarcou à tarde para Pernambuco, a bordo do *Tamar*. Só se separara de Zizinha no último instante. De manhã fora à estação de trem acompanhá-la e se despedir dela, que seguia do Rio para Petrópolis. Levou-lhe mimos, carícias, flores, frutas frescas para a viagem. Dois dias antes, ao saírem do seu refúgio na Tijuca, já a presenteara lindamente, com saudades antecipadas, cheio de pena por estarem sendo obrigados a se separar. Por mais que ambos assim o desejassem, não poderiam prolongar indefinidamente os dias encantadores que haviam vivido no Hotel White.

Nova campanha eleitoral corria solta no país, após a dissolução do gabinete. O clima de exaltação e disputa entre abolicionistas e escravocratas esquentava a cada dia. Candidato, ele já adiara demasiado sua presença em Pernambuco. Porém Zizinha não poderia acompanhá-lo nessa nova etapa. Estar com ela nesse momento só prejudicaria a ambos. Sabiam que não tinham escolha. Chegara a hora de uma breve separação.

Combinaram que ela o esperaria em Petrópolis, em companhia da irmã e vivendo a vida social da corte. Ali passaria as festas de Natal e Ano-Bom, e ele voltaria a seu encontro, assim que se realizassem as eleições no início do ano seguinte. Então resolveriam sua situação de uma vez por todas, já havendo ela tido a oportunidade de dobrar a resistência ou enfrentar a oposição de Francisca — etapa que agora lhe caberia vencer.

Para isso deveria servir o verão na serra. Talvez a beleza do ambiente ameno da cidade se somasse à ausência dele e contribuísse para aliviar as tensões e ajudasse a que as irmãs chegassem a alguma forma de entendimento. Entre um e outro concerto de música de câmara, caminhando num parque ou embaladas pelo tloque-tloque dos cavalos a puxar a charrete durante um passeio por alamedas sombreadas, Zizinha tentaria convencer Chica da força do amor que a unia ao político pernambucano e da sinceridade de suas intenções. Pelo menos, os namorados tinham esperança de que a moldura daquele verão quase europeu tivesse algum poder nesse sentido.

      Petrópolis era conhecida como a cidade das hortênsias. Com efeito, desde que a ela chegavam, os visitantes se viam envoltos no aroma suave das flores que se derramavam pelas margens dos pequenos rios que a cortavam em toda direção e sentido, orlados do azul intenso de suas pétalas, cruzados por delicadas pontes com parapeitos de madeira vermelha. As hortênsias forravam a cidade, mas tinham também a concorrência colorida de todo tipo de flor. A qualquer época do ano, os canteiros dos jardins bem cuidados de nobres e plebeus, com seus agapantos, rosas, cravos, margaridas, lírios, jasmins e madressilvas, eram completados pela floração das grandes árvores, nas ruas e praças ou na mata em volta: o vermelho dos mulungus e suinãs, o amarelo de fedegosos e acácias, o roxo das quaresmeiras e buganvílias, o rosado das paineiras ou das folhas de sapucaias, os ipês que se sucediam num calendário de violeta, amarelo, rosa e branco. Mesmo a subida da serra já ostentava aos viajantes esse esplendor, pelo meio da floresta que se revelava pela janela do trem, enquanto os vagões seguiam vagarosamente a galgar a altura graças a sua cremalheira, enquanto lá embaixo, aos poucos ia se revelando a magnífica paisagem da baía de Guanabara e da cidade do Rio de Janeiro.

      Realmente, quando sugerira essa possibilidade, Nabuco tinha esperanças de que Eufrásia talvez pudesse conseguir dobrar um pouco a resistência da irmã. Essa temporada, de convívio constante num cenário desses, poderia ser a oportunidade para uma pausa adequada a fim de que se construísse o entendimento entre as duas, enquanto ele se via envolto pelas pressões cotidianas da disputa política no Recife.

Zizinha tinha menos ilusões. Ou, pelo menos, evitava alimentá-las. Já na lenta subida da serra, olhando pela janela do trem as crianças pobres que moravam na vizinhança e que corriam em paralelo aos vagões, a saudar os passageiros e pedir que lhes jogassem guloseimas, jornais velhos ou moedas, percebia o quanto estavam se distanciando os dois mundos em que seu espírito se dilacerava. Por um lado, aproximava-se dos seus — da irmã que a esperava na serra, de familiares e amigos, de seu círculo de amizades, todos hostis e cheios de animosidade contra o homem que amava. De outra parte, constatava que, mal se despedira de Quincas, já estava cheia de saudades. Dele, da Tijuca, dos dias maravilhosos que ali tinham vivido e a marcariam para sempre. Desejava que não tivessem se acabado. Porém, apesar da confiança dele na breve concretização do casamento, com a certeza de que tudo se arranjaria, no fundo ela receava um pouco que delícias semelhantes jamais se repetissem.

Ele prometera vir encontrá-la daí a alguns meses em Petrópolis, quando estivesse livre dos compromissos políticos. Mas ela estava apreensiva com a perspectiva de ficarem tanto tempo distantes, estando ela sempre cercada de pessoas tão agressivas em tudo o que se referisse a Nabuco e temerosas das ameaças representadas por sua ação, seu entusiasmo, seus ideais.

De início, procurou ser paciente com todos e tolerante com as implicâncias ranzinzas de Chica. Refugiava-se na lembrança dos dias passados na Tijuca, imaginava que poderia haver, à sua frente, uma vida ao lado de Quincas em atmosfera afetiva semelhante, e dizia a si mesma que precisava conquistar a aceitação da irmã. Mas não estava acostumada a ser menina boazinha, ainda mais se contrariada. Não conseguiu que seus esforços de autocontrole durassem muito. Logo estava respondendo com rispidez, em tom de desafio. Em poucos dias, tudo azedou de vez e se entornou numa briga feia.

A gota d'água foi quando Francisca chamou sua atenção para as qualidades de Antonieta, a nova criada:

— Não te parece que ela é perfeita? Já que Rita está mesmo decidida a ficar em Vassouras e se casar, creio que Antonieta poderá se adaptar muito bem a nossa vida em Paris.

— Tens razão, mana. Ela é esperta, alegre, trabalhadora, tem iniciativa. Talvez valesse a pena procurarmos aqui em Petrópolis quem lhe pudesse dar algumas aulas de francês, para adiantar. Assim, quando resolvermos voltar, ela já poderá chegar a Paris sabendo falar um pouco do idioma. Essas lições podem ajudar muito em sua adaptação.

Francisca encarou-a, séria, e respondeu em poucas palavras:

— Não haverá tempo.

Em sua tentativa de uma nova feição tolerante, Zizinha argumentou:

— Claro que haverá, Chiquinha. É fácil dar um jeito. Podemos perfeitamente dispensá-la por uma ou duas horas todo dia, para que tenha suas lições.

— Não é a isso que me refiro. Não haverá tempo para que ela tenha aulas antes de viajarmos, porque embarcamos daqui a poucos dias.

Após uma curta pausa, completou:

— As passagens já estão compradas.

Zizinha achou que não tinha ouvido bem. Nem conseguiu dizer coisa alguma, sem saber de imediato como expressar a incredulidade e a fúria que a tomavam por inteiro enquanto buscava se controlar. Chica continuava:

— Queres ver? Tenho-as lá dentro, entre meus guardados. Trata-se do *Congo*, um navio bom, seguro, de uma companhia respeitável. Consegui uma cabine excelente para nós duas, espaçosa, confortável e muito bem localizada, e adquiri também um beliche na terceira classe para a criada. O vapor zarpa em poucos dias. Aliás, precisamos organizar logo nossa volta para o Rio, pois será necessário fazer malas, arrumar várias coisas, tomar uma série de providências. Temos muito pouco tempo antes da data da viagem.

Mal conseguindo se conter, Zizinha contestou:

— Pois podes ir tratando de desmarcar. Não tinhas o direito de decidir nada dessa forma, à minha revelia, sem me consultar nem dizer nada.

— Sem dizer? Cansei de dizer. Tu é que não quiseste ouvir. Deixei bem claro que estou farta e não admito mais ser levada a reboque em tudo, pela teimosia de uma irmã que insiste em não me escutar, embeiçada pelas graças de um caçador de dotes perdulário, irreverente, destrutivo, que deseja ver a ruína de nossa família. Cheio de ideias comunistas, como todos sabem e não se cansam de dizer. Um sujeito que, além de metido a dândi, esbanjando fundos em roupas e adornos, gasta dinheiro a rodo em campanhas eleitorais sucessivas, só para poder liquidar com tudo o que produtores esforçados como a nossa família são capazes de acrescentar à riqueza do país. Só este ano já foram umas cinco eleições. Uma atrás da outra. Será que não há limites para sua ambição e vaidade? Será que não vês que é por isso que ele precisa tanto te convencer a casar com ele? Assim financiarás nossos inimigos e nos levarás à ruína. Todos enxergam isso tão bem, só tu te recusas a admitir o que está à vista de todo mundo.

— Não exagera, Chica. Foram três eleições apenas. A quarta será no mês que vem. E ele não tem culpa se a política dá voltas, se pleitos são anulados, se resultados são questionados, se gabinetes caem e a Câmara é dissolvida... A lei precisa ser cumprida e, nesse caso, manda que haja novas eleições.

— Não me venhas com desculpas, mana. Basta de defendê-lo. E não fujas do assunto. O que quero dizer é que não fiz nada à tua revelia. Avisei-te com todas as letras: eu não pretendia começar um novo ano nessas condições. E para que não ficasses adiando, informei-me sobre os navios disponíveis e tratei de garantir nossos bilhetes. Sou coxa, mas não sou incapaz. Sei cuidar de minha vida. Só nos falta embarcar.

— E quem te disse que eu vou?

— Ninguém me disse nada. Achei que irias porque sempre estamos juntas, e desde que nosso pai faleceu, eu tenho te seguido e acompanhado em tudo o que quiseste. Poderias agora fazer um pouco do mesmo por tua irmã mais velha, também. Além do mais, prometeste a ele velar por mim e não me deixar sozinha. Ou também te esqueceste dessa jura?

Não, Zizinha não se esquecera. Desse compromisso, lembrava-se bem. Mesmo porque, assumira realmente. Era verdade. Não era como aquela promessa idiota de não casar, totalmente inventada por Chiquinha. Essa jura de cuidar da irmã não podia negar nem o pretendia, era obrigada a reconhecer. Mas admitir que a alegação era verdadeira não significava concordar em seguir Francisca nem dizer amém ao que ela decidisse. Continuou discutindo:

— E se eu não for? Não podes me obrigar a nada, sabes?

— Sei. Tu és dona de teu nariz e tens duas pernas que não mancam, vais aonde queres, como queres, não dependes de ninguém. Não posso te obrigar. Mas de qualquer forma, eu vou embarcar e voltar para a França. Mesmo se não fores, eu irei assim mesmo. Antonieta me acompanhará e pode me ajudar. Tenho dinheiro e acesso a todos os nossos bens, cuja metade me pertence. Tenho a chave da casa. Os criados estão todos lá à nossa espera, tudo continua a funcionar. Já escrevi a eles, avisando a data de nossa chegada. É só entrar e seguir minha vida. Mesmo que não seja contigo, por mais que eu preferisse que estivesses a meu lado. Como seria o desejo de nossos pais, aliás.

— Não podes me obrigar a nada — repetiu Zizinha.

— Nem tu a mim — contestou Chica. — Mas é justamente isso o que estás fazendo há um tempão, minha irmã, há anos me obrigando a aceitar algo com que estou em profundo desacordo. Também não podes me impedir nada, é bom lembrar. Eu já decidi e vou embarcar. Tu vens ou ficas, como quiseres. A teu bel-prazer. Mas de minha parte, não me sujeito mais a esses teus caprichos. Estou farta. Como sempre me disseste, também gozo de um privilégio raro. Não és apenas tu. Também sou dona de meu nariz.

Calada, ruminando as ideias em busca de saídas, Eufrásia começou a examinar a perspectiva que lhe parecia inevitável: teria de, pelo menos, deixar Petrópolis e acompanhar Francisca no trem, descendo a serra, na volta ao Rio para a arrumação da bagagem. Talvez conseguisse demovê-la. Ou, com sorte, convencê-la a adiar a partida por alguns meses. O suficiente para aguardar a volta de Quincas e decidir sua vida com ele.

Não se comprometeu a embarcar com ela na viagem marítima, mas, enquanto a discussão prosseguia, cada vez mais desconfiava de que acabaria tendo de fazer isso. Não podia deixar a irmã numa viagem dessas sozinha. E era forçoso admitir que Chiquinha tinha razão em um ponto. Estavam longe de casa havia muito tempo, a temporada brasileira se prolongara muito mais do que o planejado — tanto que as irmãs já acumulavam lembranças do verão anterior, passado também em Petrópolis. Os negócios no exterior começavam a se ressentir de sua ausência. Por mais que ela os administrasse à distância, poderia ser conveniente ter nesse momento uma presença direta junto a eles.

Havia também outra possibilidade, quem sabe? Talvez pudesse fazer a travessia do Atlântico com Chica, e tratar de ajeitar tudo em Paris nos meses em que a campanha eleitoral ainda iria durar, retendo Quincas em Pernambuco. De qualquer forma, era um tempo em que os dois estariam mesmo separados, ele no Recife e ela em Petrópolis. Aproveitaria para se preparar, talvez, para a possibilidade de se casarem, como ele continuava propondo. E ela prometera que, dessa vez, iria pensar a sério no assunto. Precisavam resolver o que fariam. Ou ele poderia viver na Europa com ela, se fosse derrotado nas eleições, ou ela poderia viver em companhia dele no Brasil, se fosse vitorioso. Quem sabe? Estava tudo ainda tão incerto... Tão dependente de circunstâncias alheias à vontade de ambos...

Mas não podia decidir nada disso sozinha e à distância. Gostaria de trocar ideias com ele, discutirem a situação, examinar a forma como tudo estava evoluindo, fazer planos conjuntos.

Diante da precipitação de Chica em tomar sua decisão, porém, realmente tudo se atropelara. Agora, os dois não disporiam sequer de tempo suficiente para trocas de cartas antes da data do embarque.

Fechada em copas, aborrecida e triste, Zizinha se sentiu forçada a dizer que concordava com o regresso ao Rio em companhia da irmã. Mas ainda teve de ouvir o tom zombeteiro com que Chica lhe lançou uma informação, antes de sair da sala, sorridente e quase saltitante, como se não arrastasse a perna:

— Ah, ia me esquecendo de te dizer. O vapor faz escalas em Dacar e em Lisboa. E antes disso, também faz uma parada de algumas horas no Recife. Faz parte da rota. Não tive escolha. Talvez te convenha. Se quiseres aproveitar para uma despedida...

23
Dacar, janeiro de 1886

Ela

Sei que não adiantou muito eu ter ficado todos estes dias a escrever longas cartas a bordo do Congo, *uma após a outra, sem ter como enviá-las pelo correio. Mas não consegui me conter. Afinal, só pensava em Quincas o tempo todo e em tantas coisas que quisera ter tido a oportunidade de lhe dizer, sem ter podido.*
    Agora que paramos em Dacar, já que os passageiros não temos permissão para baixar a terra neste dia de Ano--Bom, aproveito esta escala para entregar os envelopes a algum membro da tripulação que desembarca num dos escaleres, a fim de que as cartas sejam remetidas ao Brasil pelo primeiro vapor que para lá se dirija, a partir deste porto. Não posso deixar Quincas sem notícias, apenas com as recordações tão tristes e más de nosso último encontro, no Recife.
    Ou talvez eu devesse falar em nosso último desencontro.
    Pelo menos, recebendo juntas todas essas sofridas cartas em que, trancada na cabine, abri minha alma nestes dias horríveis, ele poderá constatar que penso nele sem cessar. Caso tenha boa vontade para tentar compreender minhas razões, poderá, também, acompanhar as tribulações por que tem passado meu espírito. Mas mesmo assim, receio que não possa imaginar que tristeza, que saudades e que arrependimento sinto, de ter deixado o Brasil.
    No entanto, bem sei que não será fácil contar com sua compreensão. Afinal, eu mesma não me compreendo, por vezes. Só sei que, aos dias mais felizes de minha vida, não poderiam suceder outros mais tristes. Maior contraste não é possível.

Ainda estou atordoada de tudo o que se passou durante esse mês de dezembro. Não posso medir até que ponto a estada na Tijuca foi-me funesta, apesar de ter sido tão feliz.

Quando penso que neste janeiro que ora se inicia poderíamos talvez estar juntos ou, ao menos, eu poderia ter notícias suas, de sua eleição, saber o que se passa ou o que ele vai fazer... E não estar assim, inquieta como estou, temendo que lhe aconteça alguma coisa, não sabendo quando e como nos veremos. Eu me pergunto o que vou eu fazer em Paris, que vida será a minha. Só consigo ver como vou estar só e isolada, e me desespero pensando que, para voltar ao Brasil, será preciso refazer esta horrível viagem.

Depois de Pernambuco, tivemos muito mar até ontem, ondas grandes, ventos fortes, nuvens escuras todo o tempo. Dias cinzentos, ameaças de tempestade, não gosto nada disso. Tenho enjoado muito, estive sempre doente, mal consigo falar, não me alimento. Toda a gente a bordo me aborrece. Sobretudo o sr. Horta. Sua visão me crispa, não posso perdoá-lo por ter-me estragado meu último encontro com Quincas no Brasil. Já nos encontrara juntos na Tijuca, por acaso, há poucas semanas. Já deve ter ouvido algo a nosso respeito, tanta gente comenta no círculo que frequentamos... Não é possível que não tivesse a sutileza de dar alguns passos para se afastar, a qualquer pretexto, de modo a nos deixar, pelo menos, trocar algumas frases sem sua presença. Creio que agiu propositadamente para impedir isso. Deve estar convencido de que se portava como um cavalheiro perfeito, e era seu dever proteger minha reputação. Sempre essa odiosa pressão das aparências... Com isso, nos causou enorme sofrimento. Não posso relevar. E cada vez que o vejo a bordo tenho ganas de saltar-lhe ao pescoço.

Guardarei a lembrança boa da Tijuca. Que saudades! Como me lembro de tudo! Até mesmo de como tivemos nossas rusgas para depois fazer as pazes. Mas essa parada no Recife me contrariou muito.

Eu imaginara que, como não pudera contar a Quincas, por carta, que me vira obrigada a embarcar com minha irmã de regresso a Paris, teria oportunidade de conversarmos a sós e lhe expor como as circunstâncias me forçaram a isso, sem me deixar margem a qualquer negativa. Mesmo que fosse para tentar lhe explicar apenas com o que sempre chama de minhas célebres explicações que lhe parecem intermináveis. Eu pensava em poder lhe dizer que não se aborrecesse comigo, dispunha-me a lhe mostrar que não estava viajando por escolha minha, que Chica me forçou com um fato consumado. Contava lembrá-lo de que em muitas ocasiões não sei resistir às pressões de quem eu amo. Ele sabe disso melhor que qualquer outra pessoa. Não acuso ninguém, a culpa é minha. Foi assim com ele na Tijuca. Foi assim depois com minha irmã em Petrópolis.

Mas nenhuma explicação foi possível. Aquele nefasto sr. Horta, que baixara a terra conosco apenas por ser passageiro do mesmo navio, achou-se no direito de me acompanhar por toda parte, a pretexto de me proteger numa cidade estranha. Percebi o ar estupefato de Quincas ao ver que, de repente, eu me aproximava em companhia de um estranho, em plena cidade do Recife, quando me julgava em Petrópolis à sua espera, conforme o combinado. E lá tivemos de permanecer os dois, um diante do outro, quase mudos, sem conseguir balbuciar uma palavra que importasse, diante de um homem que falava sem parar, de política, de viagens, de ministros, de eleições, de mexericos sociais e bisbilhotices fúteis, e não nos deixou um único minuto sozinhos. Nem ao menos consegui ter notícias de como se está desenrolando a campanha para a eleição.

Mas já conheço o homem que amo suficientemente bem para saber que a surpresa dele ao me ver não se transformou em alegria pelo reencontro. Pelo contrário, ficou irritado e muito aborrecido. Mais que isso, a cada instante estava mais furioso, sem nem ao menos desconfiar dos motivos pelos quais eu estava ali. Nem por isso deixou de lado sua gentileza e os mimos a que me acostumou. Um cavalheiro, sempre. Presenteou-me com um magnífico corte de renda artesanal que encomendara especialmente para mim e, por coincidência, haviam acabado de lhe entregar. Quase um vestido de noiva — pensamento que estou segura que não ocorreu apenas a mim, mas também o dominava. Sempre um perfeito gentleman, ainda fez questão de enviar a bordo cestos de frutas locais saborosíssimas, em requintados arranjos de cores, perfumes e sabores. E em tal quantidade que elas têm feito as delícias de nossos companheiros de mesa.

Mas nenhum desses agrados foi capaz de esconder de mim seu completo desagrado por me ver ali, a caminho da Europa, sem qualquer comunicação prévia, rompendo minha promessa de esperá-lo em Petrópolis. Em momento algum deixou transparecer uma curiosidade à espera de explicações. Limitou-se a ficar zangado. Furioso, mesmo.

Só hoje poderei enviar-lhe algumas linhas para tentar me explicar, e relatar as circunstâncias que me obrigaram a esta viagem. E durante vários dias não vou poder receber uma única carta dele a respeito. Ai de nós, não dispomos de um Hermes de asinhas nos pés, que possa servir de mensageiro alado como tinham os deuses da Antiguidade. E minhas explicações não são coisa que se consiga conter nas poucas palavras de um telegrama, escolhidas naquela lista tão parca que nos oferecem como opções para o envio — telegrama, aliás, que nem sei se seria possível entre Dacar e Pernambuco, diferentemente das possibilidades oferecidas pelo cabo submarino entre a Europa e o Brasil.

Foi uma péssima passagem de ano. Não sei por que chamam essa noite de Ano-Bom. Ano Horrível, isso sim.

Hoje o mar está mais calmo, talvez pela proximidade da terra. Não sei, não entendo desses assuntos. Mas meu espírito continua agitado. Continuo doente, de cama.

Não consigo ficar tranquila enquanto não se acabar essa eleição, com todos os seus barulhos e confusões. Quero muito que ele vença. Ardentemente peço isso a Deus todos os dias. Teria muita pena se não fosse eleito, isso é tão importante para ele! Sobretudo me preocupo quando penso que eu possa ter contribuído, ainda que involuntariamente, para isso, causando sua demora em ir para Pernambuco, por termos prolongado *em demasia nossa estada na Tijuca, tão feliz. Desejo muito estar sempre a seu lado, mas compreendo nossas dificuldades no momento. Não quero que me faça sacrifício algum. Sei muito bem que, já que não pudemos vir juntos, sou eu que devo ir a seu encontro, em vez de me manter afastada dele.*

Quero também que esta viagem neste vapor horroroso termine logo, e que a etapa que falta até chegar a Paris, em caminho de ferro, não seja demasiado desagradável. Mas ainda dizem que há quarentena em Lisboa, e talvez tenhamos de ficar isolados ao chegar. Que os céus não permitam. Oxalá não seja verdade.

Desconfio, porém, que a doença mais dolorosa seja a que trago no espírito e me mantém chorosa e aflita o tempo todo, com saudades, saudades, saudades. Brigada com minha irmã e desejosa de estar ao lado dele. Acho que o que vivi em um único mês, que ontem se findou, vale bem uns dez anos.

No dia da partida da Tijuca, Quincas tirou-me um fio de cabelo branco. Pois bem, vejo que agora poderia tirá-los em quantidade, de tanto que envelheci em pouco mais de três semanas.

24
Rio de Janeiro, abril de 1886

Aos amigos mais próximos, a essa altura Nabuco não conseguia mais esconder seu desânimo. Tudo parecia dar errado em sua vida — eleições, emprego, amor, finanças. Quem o visse apenas de fora e de longe podia até pensar que vivia grandes dias, cheios de glória e muita visibilidade. Mas, passado o apogeu da campanha, estava exausto e muito desesperançado, ainda que se propusesse a seguir lutando. Os conservadores o haviam derrotado em todas as frentes — da arena política ao coração de Eufrásia. Como detinham o comando da máquina estatal, controlavam os votos dos funcionários públicos, que constituíam grande parte do eleitorado da capital pernambucana. Além do mais, o poder deles era enorme e cada vez se organizavam melhor.

— Os grandes senhores de escravos obrigaram a todos os que dependessem deles a votar contra mim — queixava-se, em análise correta.

Nem podia ser diferente. Nabuco era o símbolo do abolicionismo, o grande líder, encarnava tudo o que os destruiria, se deixassem. Não havia hipótese de que sucumbissem à ingenuidade e permitissem que ele crescesse mais ainda, agigantando-se para liquidá-los.

Não admira que ele estivesse se sentindo atingido em pleno voo, convencido de que, em última análise, a pressão política da família de Eufrásia é que causara seu afastamento e o embarque dela para a Europa, de modo a impedir aquilo que, na certa, interpretavam como uma grande ameaça se os dois mantivessem sua proximidade: a ideia de que grande parte do patrimônio escravagista fluminense, ao passar das mãos dela para as dele, acabasse mesmo por ajudar a financiar o abolicionismo.

Além disso, cada vez mais Nabuco considerava que ela tivera muita culpa direta em sua derrota, por tê-lo mantido junto a si no idílio amoroso da Tijuca, desviando sua atenção e fazendo-o perder um tempo precioso, quando ele deveria ter ido bem antes para o Recife, para se dedicar em tempo integral a trabalhar por sua eleição. Ressentia-se disso, achara que cedera indevidamente à tentação de ficar ao lado dela. Não chegava a lhe ocorrer que poderia não estar sendo justo. Talvez não estivesse vendo muito claro, porque se sentia exaurido. Entre crises políticas, substituição de gabinetes, dissolução da Câmara, questionamentos, anulação de pleitos, fizera quatro campanhas eleitorais em poucos meses.

Por vezes tinha a sensação de estar desperdiçando sua energia e seus parcos recursos na disputa por votos, em lugar de se concentrar naquilo que realmente importava: fazer avançar sua luta pela libertação dos escravos. Observava o panorama político do momento e concluía que, no fundo, tinham mais foco aqueles que batalhavam pelo fim da monarquia como prioridade, e deixavam o fim do cativeiro em segundo plano. Esses se contentavam com pequenas vitórias graduais no caminho da emancipação — como a lei mais recente, que libertava os escravos que atingiam a idade de sessenta anos. E, ao se concentrar na luta pela república, arrefeciam um pouco na defesa dos cativos, sempre adiando a urgência da abolição total. Não era o caso de uns poucos, como ele, Patrocínio e Rebouças. Não se deixavam desviar por nada. Por isso mesmo, Nabuco sabia a falta que faria na Câmara, ao não ter conseguido se eleger.

Por outro lado, reconhecia também que o fervor pela causa abolicionista o impedia de levar sua vida de forma equilibrada e o fazia pagar um preço muito alto. Em confidências aos amigos mais chegados, como Juca Paranhos, desabafava:

— A política me arrastou. Pus de lado meus interesses materiais completamente. Sacrifiquei fortes afeições. Tenho estado a gastar dinheiro sem dinheiro. Tive quatro eleições em um ano!

Com tantas interrupções e anulações de eleições, recebera apenas dois meses de sua remuneração na Câmara. Além do mais, não tinha como esquecer que as constantes campanhas eleitorais representavam despesas crescentes, uma após a outra:

— Viagens repetidas, dispendiosas. Fui endividando-me. Hoje acho-me colocado numa posição difícil.

No meio de todos os percalços dessa situação material e política tão exigente, doía-lhe muito a situação afetiva. Para ele, o que lhe ocorrera tinha sido um abandono e uma traição, por parte de Eufrásia. Ainda por cima, num momento decisivo. Como pudera deixá-lo sozinho numa altura dessas? Sem sua companhia, sem seu apoio. Não conseguia entender a atitude da noiva e não podia se conformar. Sem dúvida, consciente ou não do alcance de seus atos, ela fizera o jogo de seus adversários, dos inimigos que queriam destruí-lo e impedir a vitória da causa a que dedicava sua vida.

Depois dos dias intensos que haviam vivido na Tijuca, ela prometera esperá-lo em Petrópolis até que passasse a votação em Pernambuco. Ele confiara nela, que não cumprira a promessa. Simplesmente lhe aparecera de repente no Recife, sem qualquer notícia prévia, já a caminho da Europa.

Lá estava agora, indiferente a seu sofrimento. Tendo os teatros, a Ópera, as lojas chiques, os grandes bulevares, Paris inteira, a França toda para consolá-la e distraí-la, enquanto ele penava, derrotado, sozinho e sem perspectivas. Não seria fácil perdoá-la. E não adiantava que ela agora ficasse a lhe escrever seguidas cartas, quase todos os dias, com suas explicações que não explicavam nada, a desculpar-se e insistir que, se lhe estava causando dor, fora de forma involuntária e pedia perdão.

De que servia ela repetir que sentia saudades e queria vê-lo? Ou incitá-lo a ter coragem e não se deixar abater diante dos obstáculos que a política lhe criava? O fato é que Zizinha lhe faltara. Não dava para negar isso. Depois de tudo o que haviam vivido juntos, Eufrásia não ficara a seu lado num momento em que ele necessitara tanto dela. A realidade é que ela não o esperara como combinado e estava longe — por mais que insistisse em dizer que não queria sacrifícios dele, ou que era ela quem deveria ir a seu encontro agora, já que não tinham podido ir juntos na viagem.

O que ele sentia era que fora deixado para trás, largado como algo inútil e sem serventia, à beira do caminho, quando mais precisara do consolo dela. Estava acabrunhado, sem vontade de sair de casa. Não queria ver ninguém. Mas não podia negar que sentia saudades, cortado de uma parte de si mesmo, e talvez a única forma de reencontrar alguma força fosse estar de novo com ela.

Quem sabe se não seria o momento de agir nesse sentido?

Afinal, estava derrotado e precisava sair de cena um pouco. Poderia ir encontrá-la e, após o que tinham vivido e começado a sonhar na temporada passada no Hotel White, tinham agora outro patamar em suas relações. Talvez essa pudesse, finalmente, ser a hora de se acertarem e combinar o casamento, resolvendo tudo de uma vez por todas. Até mesmo aliviando a situação financeira, se se casassem, já que o dote da noiva lhe permitiria pagar as dívidas, eventualmente fundar um jornal, dar novo impulso à causa abolicionista.

Já estava mesmo nômade entre o Recife e o Rio de Janeiro. Poderia transferir seu movimento pendular para uma oscilação entre Paris e Rio, mesmo sendo uma distância maior e uma viagem mais longa. Quem sabe? Poderia retomar a carreira diplomática interrompida e viver ao lado da mulher que amava. Era uma luz tênue que, por vezes, parecia atraí-lo ao piscar no horizonte. Um horizonte que a beleza do Rio de Janeiro, por contraste, tornava mais impiedoso e triste, quando o acabrunhado Quincas contemplava a baía de Guanabara, os botes a vela singrando as águas calmas, os navios a entrar e sair da barra, a caminho de outras terras e aproximando os que se amavam.

    Acabou por tomar uma resolução e escreveu a Eufrásia em fins de janeiro. Pagaria o preço necessário. Fez-lhe um pedido de casamento formal, acompanhado de um retrato seu recente e de flores secas cuidadosamente arranjadas no papel. Anunciou-se disposto a ir encontrá-la de imediato, embarcando logo que ela o aceitasse. Mas reiterou a única certeza que tinha. Apenas iria se, dessa vez, ela deixasse de lado qualquer dúvida e cessasse com todas as hesitações de uma vez por todas. Só ficariam juntos se ela acedesse em casar logo. Ele não estava mais disposto a conviver com adiamentos, naquele eterno vaivém.

    A resposta não demorou muito. Veio sucinta e em forma de telegrama. Eufrásia lhe pedia que não fosse. E anunciava que estava enviando uma carta em que discutiria com mais vagar a situação.

    Enviou mais de uma. Muitas mais. Durante mais de um mês, encheu páginas de uma correspondência que tentava explicar suas razões e reiterava aqueles seus vagos e surpreendentes argumentos sobre a distinção entre paixão e compromisso. Mesmo já os conhecendo de conversas ao vivo anteriores, Nabuco a essa altura não contava enfrentá-los de novo e não tinha mais paciência para aturar toda aquela lenga-lenga outra vez.

    Era inacreditável encontrar as palavras de um raciocínio como aquele, fluindo dos dedos elegantes de uma mulher honesta e respeitada de todos, e imaginá-las a brotar lentamente da pena, letra após letra, naquela caligrafia regular e elegante que ele amava e conhecia tão bem, passando pouco a pouco do tinteiro ao papel:

    "Eu preferia mil vezes que estivesse aqui, se pudesse vir. Seria muito melhor. Mas tem me dito sempre que não virá se eu não estiver resolutamente decidida a casar-me logo. Isso, infelizmente, não lhe posso dizer, apesar de saber, de sentir que um adiamento não convém. Mas de outro lado não me disse sempre que era o amor e não o casamento que importava? Que um era tudo, o outro era secundário... Não se zangue, disse-me que escrevesse tudo o que pensava e que só assim eu poderia ter todo o seu pensamento."

Nas mesmas cartas, mostrava-se preocupada e solidária com ele, enfileirava palavras de consolo e de estímulo diante da derrota política. Solícita e carinhosa, buscava animá-lo e apoiá-lo. Recomendava que se poupasse, não se exaltasse, protegesse a saúde. Garantia não estar se divertindo nem se distraindo mergulhada nos prazeres de Paris. Não ia à ópera nem ao teatro, não andava a cavalo, não passeava no Bois de Boulogne. Contava que nem ao menos saíra para uma única visita, ficava trancada no quarto, sem sequer falar com a irmã, com quem rompera e continuava totalmente brigada, em mutismo absoluto.

O amor não impedia, porém, que ela se defendesse daquilo que não considerava ser sua culpa. Dizendo ater-se a fatos e não a lamentos, negava as acusações de ter contribuído para que ele chegasse tarde à campanha eleitoral em Pernambuco. Teve o cuidado de recapitular e enumerar, referindo-se com datas e detalhes a essas ocasiões, as várias vezes que o instara a partir, no decorrer de três meses, registrando que ele havia chegado a se aborrecer com a insistência dela para que fosse cuidar da eleição. Se ele permanecera a seu lado, não fora por pressão sua, mas por decisão própria. Ela não estava disposta a deixar passar em silêncio qualquer insinuação de que as coisas haviam sido diferentes.

Queixava-se de solidão e de saudades. Reiterava seu amor. No entanto, em momento algum lhe prometeu casamento, apesar de lhe lembrar sua fragilidade, com a eterna e universal insegurança das mulheres que, nesse tipo de sociedade, temem ser rejeitadas após ceder ao assédio do namorado:

"Mas o que foi que podendo dar-lhe não lhe dei? O que foi que eu não fiz? Só se acha que dei e fiz demais."

Essa reação o deixava cada vez mais deprimido. Sentia-se como se estivesse novamente sendo rejeitado. Que faltava a Eufrásia para nele depositar sua confiança total, capaz de lhe entregar seu futuro? Que mais pretendia ela?

Entre exasperado e extenuado, nas últimas semanas o político tinha contado que seu único consolo estaria em ir encontrá-la, buscar alívio a seu lado. Já estivera tomando providências para a viagem. E ela reconhecia sofrer, mas declarava não ter condições de tomar a decisão que os faria felizes:

"Desde que viemos juntos à Europa, vivi deste sentimento por si; não tive, não quis outro, nunca pensei ter outro, nele se passaram os meus bons anos, por ele continuei a minha vida. E por ele tenho sofrido tudo o que se pode sofrer."

Mas, apesar de apelar à longa história e à intensidade do amor que os unia, não se decidia a casar. Ele, então, resolveu dar um basta. Pediu-lhe que, nesse caso, não lhe escrevesse mais. Mas ela só atendeu ao pedido durante algum tempo. Em abril, no dia de seu aniversário, já estava novamente a lhe mandar uma carta, desculpando-se por quebrar a promessa de não mais atormentá-lo.

Enquanto isso, confuso e magoado, Nabuco se hospedava de novo no Hotel White, de memórias tão fortes e enternecedoras. Recolhera-se lá para meditar um pouco e fazer um balanço de sua situação.

Sem mandato, ele perdia o canal de escoamento de sua indignação veemente, privado de dar a público suas ideias por meio daquilo que fazia melhor: seus discursos eloquentes e arrebatadores. Sabia que os argumentos e as palavras eram sua maior arma. Restava-lhe procurar escrever. Mas onde publicar? Os jornais se fechavam para ele, mais reformistas que revolucionários. Sobrava-lhe o recurso de fazer panfletos inflamados, cada vez mais radicais, porém de circulação restrita. Como alternativa, por vezes se convencia de que poderia tentar outros caminhos e aproveitar seus inúmeros contatos no estrangeiro para desencadear uma grande campanha internacional de apoio à abolição já, sem maiores adiamentos.

Para isso, seria conveniente ir à Europa. Mas precisava garantir a si mesmo que não cairia na tentação de procurar Zizinha, aproximar-se dela novamente e se arriscar a sofrer a humilhação de nova recusa. Para se impedir de qualquer gesto nesse sentido, tratou de queimar os navios, para não poder recuar em hipótese alguma. Partiu para o rompimento definitivo, numa carta magoada.

Fez questão de mencionar que escrevia do Hotel White, em meio à Floresta da Tijuca onde tinham sido tão felizes. Mas adotou um tom seco e contido, frisando que aquele era um adeus para sempre e essa era a última vez que lhe escrevia. Afirmação que não impediu que, poucos dias depois, lhe mandasse outra carta, igualmente cortante, dando instruções detalhadas sobre o destino que deveriam dar a relíquias de seu amor e a tudo o que guardavam um do outro:

"Eu tenho em meu poder diversos papéis, cartas e lembranças suas. Considere tudo isso como propriedade sua e não se julgue em momento algum de sua vida ligada por nada que me diga respeito. Quando quiser todas as lembranças suas, que são poucas, telegrafe-me e eu as destruirei ou mandar-lhe-ei pelo correio. Está entendido que nesse caso destruirá também, ou melhor, mandar-me-á, essa massa toda, caótica, de correspondência que tem minha."

E encerrava com exclamação e ponto final:

"Considero-me perfeitamente livre de qualquer compromisso meu consigo e pretendo governar-me guiando-me só pelo meu coração. O que este disser é o que hei de fazer. Eu sinto que tudo acabou entre nós e não vejo quem mais poderá ou quererá encher este fim de vida que não parece valer a pena separar do passado! Adeus."

25
Paris, maio de 1887

E assim se acabou. Acabou? Talvez. Aos poucos. Sangrando lentamente, entre idas e vindas. Deixando vestígios, resquícios, pegadas. De tudo fica um pouco, constataria um poeta. Foi uma história longa, cheia de emoções intensas, desencontros, silêncios, coragem e sofrimento de parte a parte. Não dava para desligar como quem aperta um botão.
Ela adoeceu. Forçada a repousar por ordem médica, respondeu apenas de forma breve às cartas dele, dizendo que podia receber de volta as lembranças e correspondência que Nabuco tinha dela, já que ele não as queria mais. Concordou em que ele só deveria mesmo fazer o que seu coração lhe ordenasse, lembrando que jamais o impedira de nada e que ele sempre fora livre em relação a ela. Porém, cheia de altivez, foi incisiva em relação ao que guardava dele:
"Quanto a sua correspondência, considero-a propriedade minha. Como tal, guardo-a e por nada consentirei em entregá-la. Não tenha susto, ninguém a lerá."
E mais:
"Não creia que, se se desfizer do que conserva de mim, ofenda-me. Não por isso os meus sentimentos se alterarão uma linha."
Tudo indica que guardou a correspondência dele a vida toda. Mas em sua quase totalidade, as cartas nunca foram encontradas. Sobraram raríssimas para a posteridade. Dela para ele, menos de dez escaparam à destruição. Dele para ela, restaram menos ainda.
Garante-se que Eufrásia deixou ordens expressas a pessoas de sua confiança sobre o que se deveria fazer com

elas por ocasião de sua morte. Há quem diga que foram destruídas pelos testamenteiros. Outros garantem que o caixão em que Zizinha foi enterrada estava totalmente forrado com as páginas cobertas pela letra de Quincas, como se fosse um colchão afetivo onde repousou o corpo.

Mas para isso ainda faltava muito tempo.

Algumas semanas depois da troca de cartas de rompimento, preocupada com o radicalismo do tom amargo e agressivo que ele, um monarquista, adotara para criticar o imperador, ela ainda lhe escreveu sobre política. Apelava para que tivesse cuidado em não se mostrar violento demais, para se elevar acima das calúnias e evitar fazer novos inimigos. Aflita com a exacerbação dos ataques dirigidos a ele, de alguma forma Zizinha se sentia responsável por esse recrudescimento. Preocupava-se com a possibilidade de que a hostilidade crescente que ele vinha enfrentando pudesse ter aumentado devido à relação entre os dois. Até observadores estrangeiros da cena política brasileira comentavam que Nabuco era o homem mais popular e destacado naquele palco que dominava por completo, mas era também o mais agredido e odiado. Eufrásia ficava com o coração na mão diante desse ódio, ainda mais por viver cercada de inimigos dele e ouvir essas palavras de rancor a sua volta, o tempo todo. Tinha motivos para se afligir.

Escreveu-lhe também no aniversário dele, em agosto, contando de sua solidão e sua tristeza imensa, e expressando que lhe desejava tudo de bom que pudesse desejar, "o que é infinito". Mas não teve resposta. Ele preferiu ignorar o gesto de carinho. Silêncio de parte a parte, durante meses.

Mais do que nunca, Joaquim Nabuco mergulhava na agitação política. Sendo parlamentarista, convencido das vantagens de um sistema em que o poder moderador exercido pelo imperador contribuía para o equilíbrio da nação, nunca escondera suas simpatias pela monarquia. Mas a crescente influência de conservadores escravocratas no governo o levara a atacar Dom Pedro II, a denunciar essa nefasta proximidade e a subir o tom das críticas. Numa série de panfletos, radicalizava o discurso, atacava os conservadores, acusava aquele parlamentarismo de ser uma ficção e uma fraude. Quase petulante, instava o imperador a fazer o que deveria, numa forma direta e simples, de quem ordena:

"Procurar o povo nas suas senzalas ou nos seus mocambos."

Os panfletos eram quase ensaios para o jornal que queria ter, sonhava em ter, precisava ter. Mas nunca conseguia, por falta de fundos. E como lhe fazia falta! Publicou anúncios na imprensa, tentando obter assinaturas de leitores e contribuições financeiras adiantadas, de simpatizantes da causa, para criar o periódico. Mas só conseguiu promessas de capital, que nunca se concretizavam. Nos últimos meses, era isso o que buscava, de modo quase obsessivo, na certeza de que faria toda a diferença se pudesse ter seu próprio veículo para que as ideias emancipatórias suas e dos companheiros pudessem atingir mais pessoas e exercer pressões mais fortes e eficientes.

Ao mesmo tempo, aproximara-se de grupos abolicionistas mais radicais, que passavam à ação e buscavam alforriar escravos diretamente, estimular fugas, esconder cativos fugidos. Escrevia contra os mais diversos aspectos do governo conservador. Combatia o endividamento externo do país, batalhava pelo federalismo, organizava comícios, exigia o cumprimento de leis já aprovadas — como a que proibia o tráfico de escravos entre as províncias.

Por vezes influía para que se conseguisse alguma pequena vitória — como a da campanha pelo fim da pena de açoites. Mas a abolição total parecia longínqua. A luta pela República e pela derrubada do Império crescia de forma muito mais visível. E ainda que, por vezes, as duas causas parecessem se tangenciar, no espírito de Nabuco elas não se confundiam nem se sobrepunham.

Na vida amorosa, o sedutor se distraía e borboleteava. No carnaval, esteve com uma espanhola no Recife.

Durante uma tournée da atriz Sarah Bernhardt no Rio, retomaram sua contradança, entre encontros, flores e versos. Dos casinhos anteriores entre a Europa e os Estados Unidos, muitos deles cevados com paciência havia anos por meio de encontros e cartas, algumas das *misses* e *demoiselles* haviam casado. Outras beldades eram regularmente alimentadas por cartas e presentinhos, desde a década anterior. Uma delas, encantadora filha de uns amigos do barão de Penedo, chegou a vir de Londres com os pais e a irmã passar uma temporada no Rio de Janeiro, assim que se espalhou a notícia de que ele rompera com Eufrásia. Mas foi dispensada daí a algum tempo, ganhando de presente um papagaio em vez de uma aliança — acompanhado de uma carta amável, em que o pretendido lhe garantia:

"Você é um raio, um divino raio de ideal para mim. Certamente eu lhe tenho um amor ideal como para um mito, para algo de belo na poesia ou na pintura, e este amor nunca se apagará. Mas foi esse mesmo amor, pela sua elevada poesia e irrealidade, que me impediu de amá-la de qualquer outra forma. Sentir-me-ia ridículo se fosse amar Diana, ou Ofélia, a Agripina do Capitólio ou a Aurora de Guido. Como o amor que lhe tenho é intelectual, e não posso dizer que estou *ivre de vous*, desejo-lhe um destino humano ou social que seja inteiramente o oposto de mim..."

Possível variante intelectual do conhecido "você é boa demais para mim". Talvez sinal de que Eufrásia é que ainda era a mulher de verdade. Por quanto tempo ainda?

De qualquer modo, mais de um ano após o rompimento formal, agora Nabuco estava novamente na Europa. Os fados assim haviam conspirado.

O imperador, que já vinha doente havia algum tempo, passara mal em público dois meses antes e os médicos o aconselharam a procurar tratamento no exterior. Deixou a princesa Isabel, sua filha, como regente. E *O Paiz*, jornal republicano em que Nabuco vinha colaborando, o designou para seguir o imperador e fazer a cobertura da viagem e do tratamento. Seria bom ter alguém como ele no centro dos acontecimentos, sobretudo porque se tinha como certo que a qualquer momento seria necessário dar a notícia da morte de D. Pedro. E era importante dispor de alguém tão qualificado para atuar como porta-voz aos leitores nesse momento. Havia ainda outras vantagens nessa escolha. Aproveitavam-se as credenciais de um profissional muito gabaritado, de excelentes contatos no estrangeiro, de fácil trânsito com a família imperial, em plenas condições de, ao mesmo tempo, ser uma fonte confiável e ter acesso a bastidores que, certamente, estariam fechados aos menos íntimos.

Quando Nabuco chegou a Paris, as saudades de Zizinha o dominaram por completo. Tudo o lembrava de sua companhia, apesar de todas as resoluções prévias que tinha tomado para se manter afastado dela. Não era fácil. Porém estava firmemente decidido: não pretendia ceder.

Conseguiu resistir. Por longos três dias. Na quarta noite, foi visitá-la em seu palacete à rue de Bassano. Convenceu-se de que estava apenas tendo um gesto gentil e cavalheiresco, de um homem bem-educado, já que ela lhe escrevera, confessando-se saudosa, e ele nem responder.

Ainda que impregnado de uma tristeza suave, o encontro foi ameno e doce. Logo ficaram inseparáveis novamente. Mandou-lhe flores. Conversaram muito. Encontraram-se e passearam pela cidade em todos os poucos dias em que ele lá ficou. Foram a museus e ao teatro, assistiram à montagem de *Hamlet*. Deixaram-se ver juntos nos cafés. Mas não tinham dado qualquer passo, mínimo que fosse, no sentido de acertar o casamento, quando ele em seguida embarcou para Londres, onde decidira se radicar.

Era a cidade que preferia. E a permanência em Paris era arriscada. No mínimo, estaria sujeito às dores da ambiguidade, tão evidente nesses recentes encontros melancólicos, que não permitiam que se fechassem as cicatrizes do coração.

Era melhor dar uma distância. Afinal, o estado de saúde do imperador não se deteriorara com a travessia do oceano nem com os novos ares da Europa. Pelo contrário. O tratamento era lento, mas mantinha o monarca bem. Os meses passavam sem novidade. A travessia do canal da Mancha, se viesse a se tornar necessária para um acompanhamento mais próximo, constituía uma viagem curta e fácil de fazer — como estava constatando ao repeti-la a cada mês. Não havia sentido em Nabuco se manter afastado de seus contatos abolicionistas em Londres, tão úteis para o movimento pela emancipação, como grupo de pressão internacional. Ainda mais agora, que travara conhecimento com o primeiro-ministro William Gladstone, objeto de sua especial admiração, e que o distinguia com seu apoio à causa dos escravos no Brasil.

Eufrásia era muito próxima da princesa Isabel e sua família. As duas eram amigas, mesmo. Se Nabuco quisesse enganar a si mesmo, seria fácil. Bastaria usar o pretexto de que, como correspondente de um jornal, ao conviver com Zizinha estava apenas cultivando uma fonte que o manteria sempre informado sobre a situação da saúde do imperador e a par das notícias da família imperial.

Fique o registro ético de que jamais usou essa desculpa.

26
Lisboa, agosto de 1887

De qualquer forma, Nabuco não teria muita necessidade de procurar pretextos para rever Zizinha e buscar visitá-la em Paris. Em pouco tempo, a saúde do imperador dava sinais de melhora. Não parecia mais tão necessário que o jornal mantivesse um enviado especial em terras europeias. Por outro lado, mais uma vez em Pernambuco iria haver nova eleição para a Câmara. Hora de voltar para o Brasil. Ainda mais porque a ideia da abolição estava sem defensores fortes na província e se fazia necessário que alguém fosse lá soprar as brasas um pouco arrefecidas, para que se acendessem novamente com intensidade.

Debruçado na amurada do convés, enquanto o *Tagus* deixava o estuário do Tejo para trás e adentrava o Atlântico, afastando-se de Lisboa, Nabuco rememorava o intenso dia de encontros políticos e intelectuais que tivera nessa sua escala em Portugal, incluindo jantar e ceia com escritores e políticos, revendo amigos, sendo festejado. Relembrava também outros pontos altos de sua vida social nas últimas semanas, como o comparecimento ao jubileu da rainha Vitória em Westminster e os encontros com estadistas em Londres.

Mas nenhum desses momentos gloriosos tinha poder para apagar a ofensa que o corroía no plano afetivo. Dessa vez, ele cortara para sempre com aquela arrogante e insolente da Eufrásia. Sem possibilidade de perdão.

Talvez um observador mais neutro, ou um olhar de outra época, escolhesse qualificá-la com um adjetivo diferente, em uma lista que poderia incluir *ousada, desesperada, apaixonada, racional, prática, estabanada, desastrada, infeliz, ingênua, imprudente,* entre tantos outros. O fato de nenhum desses ter ocorrido a um orador de vocabulário tão variado quanto o do eloquente tribuno não prova apenas que os tempos mudaram e que os territórios não mapeados já assinalam hoje a possibilidade de algumas trilhas então insuspeitadas. Demonstra também que, por parte dele, a essa altura o ponto de ruptura fora atingido e já não havia mais qualquer vestígio de tolerância ou possibilidade de compreensão. Nenhum carinho ou disposição para o entendimento.

O que Zizinha fizera foi lhe escrever, logo que ele embarcara para Londres após uma visita a Paris. Aparentemente, para lhe solicitar algo, como anunciava logo na primeira linha:

"Vou pedir-lhe um grande favor e espero que não o recusará."

E prosseguia, hesitante:

"Há algum tempo penso nisso, quis dizer-lhe nestes dias que passou aqui. Pensei que no dia dos meus anos pudesse fazê-lo, mas não ousei. E entretanto é tão simples."

Antes de passar ao pedido, ainda fazia uns tantos rodeios, mais uma vez pedindo desculpas, prometendo sigilo e garantindo que ficaria feliz se ele pudesse atendê-la:

"Seria para mim um imenso prazer, poderia ser-lhe útil e ninguém o saberia. Deve-me bem isso. Eu, que queria ter sido a sua boa fada e que desejaria para si todas as felicidades imagináveis, não fui senão a ocasião, o pretexto, de toda sorte de desgosto e aborrecimento. Sobretudo, peço-lhe que tome o meu pedido como ele é feito, de todo o coração, com o desejo ardente de que ele seja aceito e desculpando-me de o fazer."

Ao prosseguir na leitura da carta, porém, ficava evidente ao destinatário que, apesar desse preâmbulo, o que tinha diante de si não era um pedido de favor, uma súplica ou uma solicitação a que ele, magnânimo e superior, poderia conceder a graça de atender, se assim o desejasse. Pelo contrário, era uma proposta. Uma proposta tão impertinente que Eufrásia, consciente do fato, se via obrigada a anteceder de todos esses rodeios. Assim, ela explicava que era uma ideia que vinha trabalhando havia bastante tempo, para isso pensando em toda espécie de combinações possíveis. Algumas mais fantásticas e absurdas que outras, além de irrealizáveis, segundo sua própria classificação. Mas essa agora lhe parecia boa. Por isso, criara coragem e se atrevia a sugerir:

"Em suma, não é senão um negócio que vou lhe propor, que creio que será tão bom para si como para mim e que, apesar de muito simples, julguei fazer preceder de todas estas frases, temendo que, de outra forma, não o quisesse aceitar."

Só então, já quase ao final da quarta página manuscrita de uma carta que se estendia por nove folhas, vinham as frases fatais:

"Eu tenho algum dinheiro e não sei o que fazer dele. Compreende que me é muito mais agradável emprestar a si que a um desconhecido, de sorte que, ao mesmo tempo que me faz prazer, ele pode servir-lhe a qualquer coisa de vantajosa aí em Londres, e fazer-lhe ganhar bastante, para livrar-se de trabalhos aborrecidos, por outros mais agradáveis e úteis."

Esse era o cerne de tudo. Daí por diante, de mistura com novas e reiteradas admissões de que não sabia bem como falar nesse assunto com ele, por receio de que não a compreendesse, Eufrásia esclarecia que estava propondo uma associação. Reafirmava sua confiança nele, a certeza de que ele jamais se meteria em algo de forma ligeira ou leviana. Mas lembrava que, de qualquer forma, se ele entrasse num negócio que não fosse bom, não haveria problema, pois ela, como sócia, estaria também participando, e tinha plenas condições de absorver eventuais prejuízos:

"Isso não me fará falta."

Convencida de que se tratava de um caminho razoável, prático, simples e muitíssimo fácil — e provavelmente preocupada em assegurar ao amado a possibilidade de ter o próprio jornal com que tanto sonhava e para o qual ele não conseguia obter fundos apesar das reiteradas tentativas —, confessava-se feliz em poder contribuir e ser motivo de alguma coisa boa na vida dele, já que considerava ter sua parcela de responsabilidade por ele ser alvo de tantas críticas, e estava se sentindo culpada por perceber que era o motivo de tantos ataques que ele vinha recebendo.

É impossível avaliar no século XXI a profundidade com que um homem de bem do XIX foi capaz de se sentir ofendido com essa proposta. Numa sociedade em que o dote fazia parte do contrato de casamento, não havia qualquer fiapo de restrição ou ressalva ao fato de que um pai pagasse a um futuro genro uma soma considerável, para levar sua filha de casa, e com essa medida lhe entregasse o comando e o controle desse dinheiro. Mas não passava pela cabeça de ninguém que uma mulher decidisse empregar como bem entendesse, inclusive entregando ao homem que amava, uma quantia que ela própria administrava, sem com ele se casar. Ou seja, sem lhe passar também a gerência total de seus bens. Essa autonomia era uma fronteira ainda por desbravar, dando acesso a territórios vedados e sem qualquer mapa que servisse de guia.

Magoado e humilhado, ferido em seu orgulho, Nabuco recusou o oferecimento com palavras duras. Duvidou da sinceridade de Eufrásia ao apresentar sua proposta, e passou a insinuar intenções ocultas e propósitos malfazejos. Talvez ela pretendesse servir a seus inimigos, fazendo-os saber de tal pacto, enquanto traiçoeiramente afirmava que ninguém saberia. Atacou-a em termos que de forma deliberada procuravam magoar, chamou-a de soberba, atribuiu a proposta a um desejo de feri-lo com maldade, de ajudar a destruí-lo. Altaneiro, reagiu com veemência. Jamais se deixaria comprar. Como ela poderia sequer admitir que uma ideia dessas lhe cruzasse o espírito?

Bem que Zizinha ainda tentou se explicar, reiterando o que antes dissera, trazendo mais um pedido de desculpas, retomando e dissecando os duros termos usados por ele, na esperança de desmontá-los. Nada adiantou. Meditando sobre o equívoco que não conseguia avaliar em sua totalidade, ela se lembrou com saudade dos dias bons, evocou os momentos idílicos na Floresta da Tijuca.

Por contraste, lhe vinham à memória pequenas cenas sem importância, como tocar de leve as pequenas folhas da *Mimosa pudica* com a ponta da sombrinha. Pensando nisso, ocorreu-lhe, então, que era ele o ultrassensível, o sensitivo total. O não-me-toques, capaz de se fechar e oferecer espinhos ao mais leve sinal de mimo.

Apesar de rica e frequentadora eventual de altas-rodas sociais, ela não era uma mulher do mundo. Verdade que era exímia negociadora de títulos e apólices, dominava as regras que regiam os tabuleiros de negócios e finanças, experiente nesse campo de análise ou enfrentamento. Mas não convivera suficientemente com o jogo de poder e sedução dos *flirts* e namoricos — de salão ou de alcova, das frases dúbias às fisionomias impassíveis enquanto os pés se tocavam sob uma mesa de gamão ou carteado. Não tinha conhecimento bastante dos orgulhos e melindres masculinos para saber o que deveria revelar ou o que seria melhor ocultar. Sobretudo, o que fingir.

Com autonomia financeira desde muito cedo, não aprendera a fazer de conta que estava desamparada num universo masculino e precisava de quem a protegesse dos perigos do mundo. Ninguém a ensinara a jogar o jogo da desprovida, sempre tão convincente. E, assim, acabara por resvalar e usurpar o papel de provedora. Erro imperdoável. Fatal. Não havia a mínima chance de que fosse relevado.

Não era desse ponto de vista que Nabuco a analisava, debruçado na amurada do *Tagus*, a contemplar Lisboa que ficava para trás. Também ele se vira subitamente forçado a encontrar algum caminho para sair daquele emaranhado onde de repente se descobrira. Um território sombrio e sem mapa, que homens de bem no seu tempo não costumavam frequentar, entre atoleiros, espinhos, despenhadeiros morais. Sempre fizera questão de manter seu nome e honradez acima de tudo. Não se dobrara a ministros, a honrarias, a cargos públicos. Da mesma forma que o pai, jamais se curvou, nem mesmo para aceitar títulos nobiliárquicos que lhes foram oferecidos. Agora se chocava ao descobrir na possível noiva apenas uma mulher de negócios, empenhada em ganhar dinheiro a partir da proposta de uma sociedade que poderia eventualmente ser proveitosa para ela, ao mesmo tempo que recusava a situação amorosa aceita por todas as mulheres — a de lhe confiar, sem reservas, a gestão de seu capital, por meio do matrimônio, a forma socialmente aprovada e consagrada para que tais coisas se dessem. Que pretendia ela? Que ele aceitasse e ainda lhe agradecesse? Que ficasse eternamente preso à barra de sua saia por meio de uma dívida de gratidão? Como se não soubesse que, desde que o mundo é mundo, cabia às mulheres serem gratas à proteção dos homens, dos quais dependem para sua sobrevivência, e não o contrário.

 Depois das duas cartas iniciais reiterando sua recusa veemente, Nabuco nem ao menos se deu mais ao trabalho de lhe responder, refutando os argumentos insistentes. Cortou e pronto. Ponto final. Não perderia mais tempo de sua vida com isso. Página virada. E agora, ao partir de Lisboa, se despedia do Velho Mundo para, mais uma vez, mergulhar de cabeça na campanha abolicionista.

27
Rio de Janeiro, maio de 1888

Os últimos meses tinham sido intensos para Joaquim Nabuco. Em Pernambuco, sua eleição para a Câmara em 1887 havia sido consagradora, ainda que a candidatura fosse muito atacada. Mas obteve uma vitória que merecidamente qualificou de esplêndida, tão inquestionável que dessa vez seus inimigos não tiveram como anular.

O Recife delirou em festas na rua. Poemas em sua homenagem, artigos de jornal, toneladas de telegramas. Até o primeiro-ministro britânico William Gladstone, lá de Londres, enviou seus cumprimentos. No início do ano, mesmo a decoração de carnaval, pelas ruas e praças da cidade, homenageava Nabuco. Um fabricante de chapéus lançou um modelo com seu nome, que logo fez sucesso e tomou conta das rodas elegantes. Ao seguir para a capital, recebeu aclamações na escala do vapor na Bahia e mais uma vez foi festejado em sua chegada ao Rio de Janeiro entre vivas, flores, bandeiras, fogos.

Na Câmara, insistiu em fazer seguidos discursos exortando os militares a não perseguir escravos fugidos, instando-os a não se prestar ao papel de transformar o exército em tropas de capitães do mato. Foi convincente, ganhando cada vez mais adeptos nessa campanha. O ambiente geral ia se revelando bem mais favorável à abolição. Sem o controle do açoite que até pouco tempo antes fora permitido, e da ação militar na repressão, multiplicavam-se então as fugas e rebeliões de escravos. Aumentavam as alforrias espontâneas. Fazendeiros paulistas se rendiam à realidade que tinham diante dos olhos e começavam a importar imigrantes europeus por conta própria.

Alguns meses mais tarde, com o recesso parlamentar, Joaquim Nabuco foi para Pernambuco. Refletindo sobre os passos futuros e aproveitando a Câmara fechada por alguns meses, ocorreu-lhe fazer algo diferente, que hoje chamaríamos de lobby internacional, mas na ocasião ainda não tinha nome — e nem costumava ser concebido como uma alternativa possível no quadro de uma atuação política. Mas lhe parecia uma boa ideia, que talvez rendesse frutos. Tentaria convencer o papa a se manifestar junto à família imperial, condenando formalmente a escravidão e aconselhando a extinção completa do cativeiro. Essa intervenção poderia ser o empurrão que faltava. Ainda mais por se tratar de um país católico, com o trono então ocupado por uma regente beata, na certa suscetível a esse tipo de recomendação.

Embarcou para Roma. Esperou algum tempo, mas em fevereiro foi recebido em audiência pelo papa. Apresentou seus argumentos longamente preparados e desenvolvidos, obtendo a promessa de que, em breve, o pontífice faria publicar sua encíclica aos bispos brasileiros sobre o assunto.

A repercussão do encontro no Brasil foi enorme. Sem saber das bem-sucedidas pressões diplomáticas do gabinete conservador brasileiro para que a encíclica fosse adiada ao máximo, Nabuco voltou ao Brasil com a sensação de ter obtido uma importante vitória. Já na escala no Recife, em março, estava fazendo novos comícios abolicionistas. Houve quem o criticasse por, mais uma vez, ter se ausentado do país. Mas as ressalvas tiveram que ceder, diante das circunstâncias: o Parlamento ia reabrir, e o grande tribuno abolicionista era ele, com sua eloquência, sua presença incomparável, seu carisma. Ainda mais nesse momento, em que caíra o gabinete escravocrata e a nova correlação de forças, mesmo no âmbito de um novo ministério conservador, tivera a ousadia de apresentar um projeto de abolição imediata e incondicional, tentando angariar os favores da opinião pública e contando que as discussões ainda se arrastariam a perder de vista, além de certamente não contar com o apoio da oposição. Nabuco percebeu a fresta. Entendeu que era necessário aproveitar logo a chance e dar ênfase a essa possibilidade. Valia a pena arriscar, mesmo sendo uma iniciativa vinda dos adversários.

O projeto chegou à Câmara no dia 8 de maio. E Joaquim Nabuco na tribuna, mais uma vez, provou que era inigualável. Tinha um estilo próprio que cativava, convencia, arrebatava. Desenvolvia uma argumentação algo minuciosa em algum trecho mais longo, e daí a pouco o encerrava por meio de uma imagem cativante ou uma citação adequada, uma chave de ouro. Fazia uma pausa, deixava espaço para os aplausos, permitia apartes. Sorria, percorria o auditório com os olhos, consultava suas anotações, respirava fundo com os olhos quase fechados. Os rumores iam diminuindo e ele então retomava o discurso, com outra sequência oratória. Grandioso e magnânimo, passava por cima de desavenças pessoais em nome da causa. Sendo liberal e eternamente perseguido e atacado pelo partido adversário, agora defendia o líder conservador que apresentara o projeto da abolição. Relativizava as discordâncias passadas, em nome do atual objetivo comum.

— Nós nos achamos à beira da catadupa dos destinos nacionais e junto dela é tão impossível ouvir a voz dos partidos, como seria impossível perceber o zumbir dos insetos atordoados que atravessam as quedas do Niágara.

Aplaudido a cada frase, inesperadamente, teve um lance de mestre, com que ninguém contava: propôs regime de urgência para os votos. As galerias o aclamavam, urrando vivas. Apressando as sucessivas votações em plenário, enquanto oradores inscritos entregavam os pontos e desistiam, o relator Nabuco aproveitou a brecha de tempo que se abria com a confusão que se instalara e apresentou um texto simples, redigido ali mesmo, em minutos. A Câmara decidiu passar por cima dos outros ritos e, por 89 votos a 9, aprovou a frase singela que resumia todo o projeto:

— É declarada extinta desde a data desta lei a escravidão no Brasil.

Pronto. Simples assim. Em rápida manobra oportunista, Nabuco conseguira que, em três horas de sessão, se chegasse ao objetivo pelo qual toda uma nação vinha lutando havia décadas. Agora, faltava apenas o Senado confirmar, depois de examinar o assunto em três sessões, como era de praxe. A matéria deveria seguir então à sanção da regente. Mera questão de tempo.

Nas ruas, as manifestações festivas já começavam e invadiam tudo. A Câmara foi cercada por milhares de pessoas, vindas em desfile com bandeiras e banda de música. Da janela do Parlamento, Nabuco se dirigiu à multidão, ovacionado, aclamado, feliz, conforme registrou a imprensa:

"Chega à janela Joaquim Nabuco e o povo o vitoria com esse entusiasmo que só a fidelidade aos princípios sabe inspirar. É ele o triunfador. Tem os cabelos ainda emplastados de suor e pétalas. Ereto, imóvel, estático, ali está grande e solene, como há de ser guardado na memória da gratidão nacional."

O Senado quebrou o protocolo, para apressar o processo. Fez sessão extraordinária num domingo, para que não se perdesse tempo e nenhum obstáculo inesperado atrapalhasse o que as ruas exigiam.

E assim, no dia treze, instada pela avalanche que não dava mais para ninguém segurar, a princesa Isabel interrompeu suas preces pela saúde do pai, doente em Milão, e desceu de Petrópolis num vestido de rendas valencianas cor de pérola, especialmente para sancionar o projeto aprovado, que passaria à História como Lei Áurea.

Festa total, como nunca se vira. Delírio nas ruas e na praça em frente ao palácio onde se realizava a cerimônia. Multidão ovacionando a princesa, Nabuco, Patrocínio, Rebouças e outros abolicionistas que chegavam à sacada do Paço. Povo se derramando pela vizinhança, celebrando a liberdade, cantando, dançando. Das galerias, vinha uma chuva de flores que cobria os tapetes do recinto. Algumas pessoas soltaram pombas que esvoaçavam em busca das janelas e depois ganhavam o mundo lá fora em voo livre.

As festas da liberdade pareciam intermináveis. Duraram uma semana. O país parou. Ruas, avenidas, edifícios ornamentados. Procissões, quermesses, corridas de cavalo, regatas, desfiles, feriado nas repartições públicas, espetáculos de gala, teatro gratuito. Desfile de jangadeiros no nordeste, passeatas no sul, tochas iluminando edifícios de uma ponta a outra do país. No Recife, a rua onde Nabuco nascera foi toda embandeirada. Seu nome era repetido e aclamado em toda parte. Foi carregado, mais de uma vez, nos braços do povo.

"Efusões indescritíveis para as quais não há narração possível", condensava a imprensa.

Nem mesmo Machado de Assis, o maior escritor brasileiro, ousou tentar narrá-las. Mas tirou-lhes o chapéu:

"Verdadeiramente, foi o único dia de delírio público que me lembra ter visto."

28
Washington, janeiro de 1910

Se, como muitos contam, nos momentos que antecedem a morte não é incomum recapitular o que se viveu, e trazer à memória em vertiginoso desfile as principais cenas fruídas ou sofridas, "como num cineminha", segundo relatam sobreviventes da experiência de quase morte, é possível garantir que Joaquim Nabuco tinha muito o que recordar naquele gelado mês de janeiro. Já registrara em seu diário poucos meses antes o temor de se perder diante daquilo que, por vezes, vivia:

"O chamado de ideias diferentes, nenhuma das quais se me desenha no pensamento de modo a saber eu do que se trata."

Mas agora tudo se acelerava, como a indicar a proximidade do fim. Estava doente já havia muito tempo. Depois de muitos anos sofrendo com os mais variados sintomas, que vinham se somar ao sofrimento causado por uma surdez, tivera afinal o diagnóstico da moléstia que havia tantos anos o fazia sofrer: policitemia. Sua medula óssea fabricava um excesso de glóbulos vermelhos e daí decorriam suas diversas complicações. Emagrecia muito, tinha tonturas, turvações dos sentidos, dor de cabeça, pressão alta, cansaço, sonolência excessiva. Reagia como podia. Tentava trabalhar nos intervalos das crises. Nem sempre conseguia.

Por um lado, planejava providências para seu próprio enterro e procurava deixar tudo em ordem para a mulher e os cinco filhos, no momento em que viesse a faltar. Por outro lado, até uma semana antes da congestão cerebral que o matou, ainda saía para suas visitas diplomáticas ou recebia colegas para entrevistas. Não gostaria de acabar assim, mas não tinha como fazer coisa alguma a respeito. Cercava-se da família, de seus livros, seus objetos. Tinha muitas saudades de sua terra, da qual se sentia sequioso. E do engenho de sua infância, dos amigos a quem escrevia sempre.

Escrevia também no diário. E redigia as conferências que continuara fazendo com bastante irregularidade nas universidades norte-americanas que o convidavam sempre, já que nunca deixara de ser um orador cativante, em diferentes idiomas, qualquer que fosse o assunto que abordasse. Um dos temas que vinha desenvolvendo com carinho e capricho era a celebração de Camões, o poeta português que, além de mestre da epopeia, em sua opinião também era um lírico que formava com Dante e Petrarca uma cadeia sem igual na poesia. Dizia que se tornara um propagandista dos *Lusíadas*, em honra da língua portuguesa e do prestígio de seus falantes. Não chegou a saber que em Portugal a essa altura despontava outro grande poeta da língua, Fernando Pessoa, que em breve publicaria versos como estes que, certamente, o sensibilizariam:

Pertenço a um género de portugueses
Que depois de estar a Índia descoberta
Ficaram sem trabalho. A morte é certa.
Tenho pensado nisso muitas vezes.

Mas Joaquim Nabuco, depois da vitória da Abolição pela qual lutara a vida toda, não ficou sem trabalho. Agora, diante da proximidade da morte, também pensava nisso muitas vezes. Recapitulava sua existência nos anos que se seguiram à Lei Áurea.

Lembrava a proclamação da República em 1889, ano também de uma guinada marcante em sua vida afetiva: começara a namorar a doce Evelina, dezesseis anos mais jovem. Em poucos meses, dela ficara noivo e com ela se casara ainda naquele ano. Sem hesitações nem dúvidas, sem sofrimentos, sem idas e vindas comparáveis às que tinham corroído sua longa relação com Eufrásia, durante tantos anos, sempre tentando construir algo que ele mesmo não entendia, sobre um terreno sem firmeza, a lhe fugir continuamente, como duna de areia solta ou aqueles mangues do Recife, que jamais oferecem sustentação verdadeira, por mais fundo que se procure. De serventia apenas para serem habitados por caranguejos, capazes de caminhar de lado ou andar para trás.

Celebrava o período de calma pessoal que se seguiu ao casamento, longe de tudo, morando numa casinha encantadora na ilha de Paquetá, à beira-mar e entre árvores, de frente para as águas serenas da baía de Guanabara e de costas para a política que acabava de derrubar e desterrar a família imperial, que ele tanto respeitava e prezava. E isso pouco após a princesa ter assinado a libertação dos escravos... Nabuco não podia se conformar.

Recordava seu recolhimento voluntário ao longo de todo o decênio seguinte.

Enquanto o país dos primeiros anos da República ia de crise em crise, com questões militares e religiosas, revoltas, derrocadas econômicas, ele se dedicara a projetos com os quais sonhava havia muito e aos quais só agora podia se devotar. Aproveitava uma certa tranquilidade financeira que o dote da mulher lhe garantira (ainda que se sentisse muito culpado por ter investido grande parte dele na Bolsa da Argentina e perdido tudo), e se respaldava na tranquilidade doméstica que o cercava, acolchoando-o num amor terno e sem conflitos. Pouco saía de Paquetá. Apenas de quando em quando, para rever os amigos, cada vez mais nos círculos ligados à literatura e menos à militância política.

De início, ainda trabalhou no novo *Jornal do Brasil*, fundado por seu amigo Rodolfo Dantas. No periódico, foi articulista e chefiou a redação, defendendo a modernização do Rio, a arborização das ruas e propondo que se construísse um metrô, como vira em Londres. Mas também combatia o governo do marechal Floriano Peixoto. Quando o jornal foi invadido e depredado por uma horda governista aos gritos de "Morte a Nabuco!", resolveu se afastar, acompanhado pelo próprio Dantas. Depois, ajudou a criar uma revista literária e, a partir dela, participou da fundação da Academia Brasileira de Letras, da qual foi logo escolhido secretário-geral em sua primeira diretoria. Mas achava a cidade barulhenta demais, agitada e cansativa. Preferia se manter longe de todo aquele bulício. Era como se hibernasse, ou se guardasse num casulo. Aposentou o dândi, amparou-se na família, passou a usar óculos, permitiu-se envelhecer, parou de viajar ao exterior, sonhou com morar no campo, na fazenda do sogro. Deixou-se tocar pela religiosidade da esposa e viveu uma intensa reaproximação com o catolicismo de sua infância. Dessa vez, quase como misticismo. E uma crescente paz na alma, que lhe fazia muito bem.

Mas nada disso impediu que o tempo todo trabalhasse muito, em seus projetos agora amadurecidos depois de tantos adiamentos, diante da anterior premência e prioridade da luta política. Escreveu duas obras-primas enquanto a família crescia: uma biografia de seu pai (*Um estadista do Império*) e suas memórias (*Minha formação*). Um verdadeiro monumento de recriação de uma época, seus homens. Uma celebração de seus valores morais, por alguém que os encarnava como poucos.

Agora, pensando na morte e olhando com saudade esses doces momentos, tinha a impressão de que os anos terminados pelo algarismo nove haviam marcado transformações profundas em sua vida:

"Minha vida distribui-se bem por decênios...", registrou.

E pensava que, se de 79 a 89 concentrara toda a sua energia no que chamava de "apostolado" pela abolição da escravatura, de 89 a 99 se permitira virar as costas a tudo e vivenciar o luto pela monarquia.

Em 1899, de repente a borboleta saiu do casulo de requintada seda, ainda que não por iniciativa própria. Foi convidado a voltar à diplomacia, a pedido do novo presidente, Campos Sales, o qual buscava grandes nomes, de prestígio incontestável, que pudessem marcar uma equipe de união nacional e de excelência, capaz de consolidar a afirmação de uma seriedade que o país precisava mostrar.

Joaquim Nabuco ainda era um ícone. Isso ninguém poderia contestar. Nem ele próprio, se o quisesse. E fora chamado a ocupar o cargo com que, no fundo, sonhara durante toda a vida: o de embaixador em Londres. Não podia nem queria negar. Começou então essa nova etapa de sua vida, no decênio que chegava ao fim nesse dezembro de 1909 que acabara de apagar suas luzes. A fase que definiria como a da "vida diplomática no estrangeiro", período em que, após sua missão em Londres, também se vira alçado à responsabilidade de ser o primeiro embaixador na então recém-criada embaixada brasileira em Washington.

Que mudanças lhe traria agora esse decênio que estava a ponto de começar nesses primeiros dias de janeiro?

"Se não for a morte, qual será?", perguntava a si mesmo.

Pedia aos céus que, se esses maus presságios se confirmassem, Deus tivesse misericórdia dele, protegesse a família que deixava e a mulher que em vinte anos de convívio só o cumulara de motivos de gratidão:

"Quando Deus soprar a minha vida, como se sopra uma vela, que o faça com um sopro brando e sem desprezo de sua pobre criatura."

Preferiria morrer em sua terra. Não desejava voltar para o Recife num caixão. Mas sobre isso não tinha poder.

Não foi possível evitar. O próximo vapor que o transportou sobre as ondas de Poseidon e de Iemanjá não o teria mais no convés, de pé, cabelos ao vento, contemplando o luar ou o crepúsculo.

Em sua terra, o funeral foi grandioso e consagrador. A essa altura ele já era personagem da História, em que escrevera páginas importantes. E só fez crescer cada vez mais, com a passagem do tempo.

29
Rio de Janeiro, 1930

— Depressa, Cecília, onde está aquele envelope com a papelada que outro dia sua patroa lhe pediu que assinasse como testemunha?

— Está guardado no quarto lá de dentro, doutor. Bem guardado. E o quarto está trancado. Eu mesma fechei, com duas voltas da chave. Pode ficar sossegado. Ninguém vai entrar lá.

— Preciso dele agora.

— Mas agora, dr. Antônio? No meio desta confusão toda? Depois eu lhe entrego...

O advogado foi incisivo:

— Cecília, desculpe, mas nada é mais urgente do que isso. Não vai dar para esperar. Por favor, cadê o testamento? Preciso dele agora.

Testamento? A empregada não conseguiu conter o espanto. Então aquele envelope azul lacrado que, depois de assinar e fechar, dona Eufrásia deixara cair da cama ao chão e lhe ordenara que guardasse com cuidado, continha um testamento? Ela achava que era alguma outra coisa. Quando a chamaram para firmar também, ao pé da página, como testemunha, tinha a impressão de ter ouvido dizer que os papéis tinham a ver com uns tais "artigos do Código Brasileiro". Talvez estivessem fazendo segredo de propósito. Mas dr. Antônio era advogado, primo da patroa pelo lado da mãe, pessoa de toda a confiança. Dona Eufrásia mesma o chamara a sua casa naquele dia. E não tinha sido o único parente a estar presente na ocasião. Se ele dizia que era um testamento, devia ser verdade.

Cecília só não queria era ter de se ocupar disso agora. Fazia pouco que dona Eufrásia tinha morrido. A empregada estava às voltas com a arrumação da casa para o velório. Precisava desocupar a sala onde seria colocado o caixão com o corpo. Tinha de supervisionar a arrumação dos móveis, trazer cadeiras para encostar na parede lateral, providenciar jarras para as flores que começavam a chegar, deixar espaços para as coroas imensas, guardar em armários os objetos que queria proteger, dar orientação ao pessoal da cozinha sobre o que servir, em que louça, sobre que bandejas arrumar as xícaras de café... E ainda teria de interromper tudo isso para mexer em papéis guardados?

Tentou ganhar tempo:

— Não dá para esperar até amanhã?

Dr. Antônio pareceu perder a paciência, de tanta urgência no tom de voz com que respondeu:

— De jeito nenhum. Temos de proteger esse documento já. Vamos, depressa!

Talvez achasse que tinha sido um pouco ríspido, pois se apressou a dar uma explicação que Cecília não pedira:

— Precisamos tirar esse envelope daqui imediatamente, antes que algum desses Teixeira Leite venha tomá-lo. A vontade da morta precisa ser respeitada. Isto é o mais importante.

A empregada então o levou ao quarto onde os papéis estavam guardados. Ao entrarem, quis acender a luz, mas o advogado tentou impedi-la, ao ver sua mão se dirigir ao interruptor. Não conseguindo, tratou de passar a chave na porta, assim que entraram, dizendo:

— Todo cuidado é pouco. Isso vai ser uma bomba.

Cecília estranhou tantas precauções. Era evidente que ele queria impedir a aproximação dos outros parentes que já tinham chegado e estavam na sala, primos de dona Eufrásia por parte de pai.

Mas ela não tinha nada com isso. Abriu a gaveta da mesinha de cabeceira e entregou ao dr. Antônio o envelope pedido. Não apenas porque ele estava mandando, mas também porque sabia que era o que Eufrásia gostaria que ela fizesse. Afinal, fora ele quem trouxera os documentos para serem assinados, no tal dia em que viera com outros advogados e o tabelião. Ela ainda se lembrava muito bem do final de toda a cerimônia de assinatura, pois estava ali com eles, no quarto, quando deram tudo por encerrado, contaram as vinte e quatro folhas, guardaram os papéis no envelope e o lacraram. Entregar ao dr. Antônio a documentação significava apenas corresponder à confiança depositada nela pela patroa, a quem servira durante tanto tempo. Fora sua verdadeira dama de companhia nos últimos oito anos. Com ela vivera em Paris e no Rio, viajara pela Europa, conhecera Monte Carlo, Nice, Biarritz. Poucos podiam se gabar de conhecer tão bem a Eufrásia da última década. Sabia a quem deveriam ser entregues aqueles papéis. Não era surpresa que estivessem sendo pedidos.

O que surpreendeu Cecília foi o que o dr. Antônio fez a seguir. Em vez de sair normalmente, pela porta por onde tinha entrado, prestou atenção em algum ligeiro ruído que mal dava para se ouvir, do lado de fora do aposento. Em seguida, saltou por cima da cama, pisando nela com seus sapatos, e saiu rapidamente pela outra porta, nos fundos, que dava acesso a outro quarto, onde já estava à sua espera o coronel Júlio, outro primo materno de dona Eufrásia. Aliás, um primo que também participara da cerimônia de assinatura dos papéis guardados no envelope azul.

Em tom tranquilizador, ao passar por ele, o dr. Antônio lhe disse:

— Pronto. Tudo certo. Aqui está o testamento.

Disfarçaram, deram a volta pelos quartos contíguos e voltaram à sala como se nem tivessem estado ali. Sem sinal do envelope que, a essa altura, devia estar bem escondido no bolso de um dos dois.

Provavelmente, com essa ação rápida e decidida, evitaram que o documento desaparecesse ou fosse destruído. Não podiam, porém, evitar sua rumorosa contestação, que se arrastaria por seis anos e se prolongaria por mais catorze em sucessivos recursos e tentativas de impugnação.

30
Epílogo

Aberto o testamento, a grande surpresa foi que toda a imensa fortuna de Eufrásia se destinava a obras filantrópicas. Fora os legados específicos a empregados, aos pobres de Vassouras e aos mendigos que viviam nas vizinhanças de seu palacete em Paris. E mais uma provisão carinhosa, miúda e detalhada, em sua letra manuscrita e trêmula mas ainda inconfundível, para garantir o bem-estar do burro Pimpão, que puxava carroças em sua chácara da Casa da Hera.

A octogenária morrera riquíssima. Multiplicara o patrimônio que pais e avós lhe haviam deixado, bem como o que veio a suas mãos após a morte de Francisca, em 1899. Tinha recuperado plenamente as perdas que sofrera com os papéis de empresas russas confiscadas pela Revolução de 1917, bem como os prejuízos sofridos com o baque que a todos atingira na grande depressão de 1929, após o crash da Bolsa de Nova York.

Seu tino para negócios nunca a abandonara. Deixava ações de cento e noventa e sete empresas em dez países diferentes, além de títulos de dívidas de governos e variados imóveis no Brasil e em Paris — que deveriam ser vendidos para que a quantia recebida tivesse a destinação que a morta desejava. Sua última vontade só foi respeitada graças a sua previsão em escolher testamenteiros confiáveis, que salvaram da destruição as vinte e quatro folhas do documento. Principalmente o dr. Antônio e seu irmão Raul Fernandes, um dos maiores juristas brasileiros, futuro chanceler e consultor-geral da República, homens de grande preparo, coragem e disposição para o que desse e viesse. Ambos defenderam sua causa com a garra de paladinos devotados, como se fossem cavaleiros medievais cumprindo um compromisso de honra. Os outros primos, deserdados, bem que tentaram anular o documento, alegando a insanidade da morta e sua incapacidade mental ao fazer as disposições sobre seu legado. Mas a impugnação foi derrotada.

E assim, os moradores de Vassouras ganharam o que barões e baronesas tinham legado às duas irmãs, e que Zizinha tão bem multiplicara ao longo da vida. Mas tinham de seguir instruções detalhadamente precisas sobre a destinação a dar à fortuna que recebiam: educação, saúde, segurança pública, inovação tecnológica.

A herança beneficiou principalmente a Santa Casa de Misericórdia com a fundação de seu hospital-modelo, exigido pelo documento. E também instituições religiosas que ficavam obrigadas a fundar e manter escolas para meninos e meninas pobres da cidade, sobretudo órfãos, que lhes assegurassem formação profissional. Nos terrenos recebidos, a cidade veio depois a erguer seu Fórum, um quartel da Polícia Militar, uma delegacia e muitos outros edifícios. A Fundação Oswaldo Cruz, de pesquisa científica, também teve seu quinhão. Além disso, todos os empregados que haviam trabalhado para Eufrásia, em Paris, no Rio ou em Vassouras, também receberam legados.

Com a recomendação de ser mantida e conservada com tudo o que continha, a Casa da Hera recebeu também uma dotação para ser transformada em museu. Conta a história de uma época. Com todos os móveis e objetos. Todos os cristais e faianças. Todos os ecos de todas as músicas tocadas no elogiado piano Henri Herz. Todas as sombras e manchas de sol. Todos os ventos que batem porta e toda a umidade que sobe as paredes. Todos os sonhos e pesadelos. Todas as lembranças, premonições e esquecimentos. De um tempo que ajudou a mudar o tempo que viria depois.

Aos leitores

Eufrásia Teixeira Leite e Joaquim Nabuco, os protagonistas deste livro, são reais e fazem parte da História do Brasil. Mas esta é apenas uma obra de ficção, inspirada em suas vidas. Tomei a liberdade de imaginar cenas, ainda que procurasse jamais agredir a História e, sempre que possível, aproveitar palavras que eles mesmos deixaram registradas. Para que isso fosse possível, baseei-me em fontes biográficas que, igualmente atraídas por essas figuras históricas, pesquisaram e retraçaram suas trajetórias. Nesse sentido, são indispensáveis pelo menos três biografias de Joaquim Nabuco — as escritas por sua filha Carolina, pelo acadêmico Luís Viana Filho e a recente e fascinante obra da historiadora Angela Alonso. As edições dos diários (anotados por Evaldo Cabral de Mello) e da correspondência de Nabuco são um complemento valioso. E, evidentemente, a própria obra do autor é fundamental. Sobretudo seus escritos autobiográficos.

No caso de Eufrásia, a obra básica e esgotadíssima é a do capixaba José Carlos Bruzzi Castello, a par de uma amorosa compilação de dados e documentos, muito informativa, *Eufrásia Teixeira Leite: Fragmentos de uma existência*, de Ernesto José Coelho Rodrigues Catharino, em edição do autor. Muito útil também foi o trabalho de algumas historiadoras que se somaram a Angela Alonso: *A sinhazinha emancipada*, de Miridan Britto Falci e Hildete Pereira de Melo, bem como *Eufrásia e Nabuco*, de Neusa Fernandes, além de artigos esparsos publicados em revistas especializadas. E rendo particular homenagem à magnífica reportagem de Marcos Sá Corrêa sobre ela, publicada na revista *piauí*, um modelo de jornalismo investigativo.

Comecei a pensar neste livro em 2009, ao ser eleita para a secretaria-geral da ABL e me aproximar mais da figura de Nabuco, cujos livros eu já admirava muito e cujo centenário de morte logo iríamos comemorar, em janeiro de 2010. Mergulhei nas leituras em torno a sua biografia e descobri a dimensão hipnotizante de Eufrásia. Instigada por Sergio Paulo Rouanet (a quem agradeço a sugestão) embarquei neste projeto. Pelo meio do caminho, soube que Claudia Lage estava lançando um elogiado romance sobre o mesmo assunto, *Os mundos de Eufrásia*. Sem ao menos ler esse texto, desisti do meu. Ou achei que tinha desistido. Mas Nabuco e Eufrásia não desistiam de mim e continuavam a me assombrar. Resolvi seguir adiante na jornada com eles, resguardando-me então de ler o livro de Claudia para não contaminar as minhas invenções com as dela. Só o farei alguns meses após o lançamento deste livro que agora entrego aos leitores. Mas deixo o merecido registro de sua primazia.

Agradeço aos funcionários da Biblioteca Lúcio de Mendonça da Academia Brasileira de Letras e do Centro de Memória da mesma instituição, por sua colaboração no processo desse meu garimpo por fontes e documentos, fosse no próprio acervo da ABL, fosse servindo de ponte com outras instituições como a Fundação Joaquim Nabuco ou o Instituto Histórico e Geográfico Brasileiro. Deram-me uma ajuda preciosa. Mas os eventuais erros, lapsos ou equívocos deste livro são de minha inteira responsabilidade, bem como as opções sobre o que nele incluir e as hipóteses interpretativas sobre as quais me dispus a construir estes personagens fictícios, tão reais para mim, dos quais agora me despeço com pena, após tanto tempo de amoroso convívio.

A autora

1ª EDIÇÃO [2015] 1 reimpressão

ESTA OBRA FOI COMPOSTA PELA ABREU'S SYSTEM EM ADOBE GARAMOND
E IMPRESSA EM OFSETE PELA GEOGRÁFICA SOBRE PAPEL PÓLEN SOFT DA
SUZANO PAPEL E CELULOSE PARA A EDITORA SCHWARCZ EM MARÇO DE 2016

A marca FSC® é a garantia de que a madeira utilizada na fabricação do papel deste livro provém de florestas que foram gerenciadas de maneira ambientalmente correta, socialmente justa e economicamente viável, além de outras fontes de origem controlada.